KB253767

바람의 말

김나현 수필집

바람의 말

수필과비평사

■ 책을 내면서

　　내게 수필은 밥이다. 묵묵히 함께 걷는 길동무다. 온갖 감정을 삭여주고 걸러주는 거름망이다. 떨어져 있으면 그립고 가까이 하면 심드렁한, 때로 좀 멀찌감치 떨어져 있다가도 부르면 한걸음에 달려올 평생 친구다.

　　그 친구와 동행하는 길에 작은 이정표 하나쯤 남기고 싶다는 생각이 들었다. 그 시기가 너무 이르지도 늦지도 않은 딱 이때쯤이면 괜찮겠다 싶었다.

　　해묵은 장롱 속을 정리하듯 지난 흔적들을 들추어보았다. 보기만 해도 살갑고 애틋한 그것들을, 밝은 햇살 아래 꺼내놓고 행간의 눅눅함을 말리고 먼지를 털었다. 그런 작업은 지난 삶을 차분히 정리하는 일이기도 했다.

　　이제 붉은 속살 내보이듯 세상에 내어놓는다. 내 글에 해주는 성인식인 셈이다. 내 길에 동행하는 많은 이들이 고맙다. 글의 원천인 부모님과 가족을 떠올린다.

2010년 6월

햇살 좋은 창가에서　김나현

2부

태극기 휘날리고

4부

길

1부
음향 吟 香

나는 작가입니다

누구에게나 삶의 지축이 되는 것이 있다. 내겐 모든 관계망과 거미줄처럼 얽혀 떠안고 가야 할 문학이 그렇다. 어쩌다, 떼어놓을 수 없는 혹 같고 체세포 같은 것이 되었다. 주인처럼 태연자약하게 의식의 밑바닥을 꿰차고 들어앉아서는 내 무게중심을 잡는 추 역할을 한다.

늘 무언가를 찾아나서는 그 길은 들어서기보다 벗어나기가 더 어렵다. 그곳에 한 번 발을 들여놓으면 늪처럼 어느새 빠져들어 좀체 벗어날 수 없다. 또한 완전한 만족이란 애초에 없어 마음 한구석이 시시로 허기가 진다. 장腸을 깨끗이 비운 뒤 아무리 먹어도 배가 부르지 않는 것처럼, 해산을 한 산모가 먹고 먹어도 포만감이 들지 않는 것처럼 갈증만 인다. 가도 가도 끝이 없을 길이다.

어디에든 길잡이는 있다. 이 길에도 앞서간 길잡이가 있어 엄마 옷고름을 꼭 붙잡은 아이처럼 종종걸음으로 매달리고 따라붙는다. 길잡이는 올곧은 길을 갈 수 있게 기초체력을 다져준다. 걷는 자세가 삐딱하거나 걸음이 바르지 못할 때에는 곧추세워 주기도 한다. 길잡이가 없으면 잘못된 자세인지도 모르고 앞만 보고 가는 오류에 빠질 수도 있다.

길잡이는 문학의 스승이다. 고전이나 앞선 문학가의 글, 오래 읽혀오거나 깊은 감동을 주는 글 또는 정신적 등불이 되는 사람일 수도 있겠다. 그것은 깜깜한 밤길을 헤매다 만나는 불빛 같은 존재다.

산에서는 길이 끝나는 곳을 예측할 수 없기에 갈림길 앞에서 신중해진다. 언젠가 두 갈래 산길 앞에서 반반의 확률을 잘못 짚어 생고생을 한 적이 있다. 기껏 택한 길이 급경사지고 돌멩이가 많아 진땀을 흘리며 긴장해야 했다. 한참 후 낭패감에 뒤돌아보았지만 이미 깊숙이 들어선 길이라 되돌아가기에도 늦었다. 평생 벗어내지 못할 옷 같은 문학의 길이 그런 경우 같다.

잠시 곁길로 갔던 적이 있다. 직장일 때문이었다. 그러나 그동안도 문학이라는 것에서 완전히 벗어나지는 못했다. 꼭 해야 할 일을 못하는 심정이랄까. 실향민이 평생 심중에 품고 사는 고향 같은 것이랄까.

글을 쓰는 일은 살아온 만큼의 탑을 쌓는 일일 것이다. 저만의 체험과, 가슴과 두뇌 속 재료로 쌓았다 허물었다 올리기를 반복하며 탄탄히 쌓아가는 일. 삶에 대한 낯섦과 익숙함, 미진함과 뿌듯함, 목마름과 해갈, 절망과 희망을 잘 버무려 속이 튼실한 탑을 쌓는 일.

내가 걸어온 길에도 나를 닮은 탑이 올망졸망 쌓였다. 모양이 세련되지 못하고 엉성하여 밑돌부터 왕창 재건축할 것들도 널렸다. 그래도 돌반지기마냥 버리지 못하고 보듬는다. 내치지 못하는 가업처럼 매달려 허공에다 쌓아올린 한때의 시간인 때문이다. 질퍽한 속 모습까지도 끄집어낸 그 일은 내 삶의 고해성사다. 목공이 되고 미장이가 되어, 탄탄한 집 한 채 짓기 위해 부단히 고뇌한 흔적이다.

집에서 멀지 않은 삼나무 삼림욕장에서다. 울창한 숲 사이로 난 오솔길은 아래 윗길이 확연히 구별되었다. 길 위쪽 활엽수 군락은 가지가 넌출넌출 뻗어 풍요한데, 아래쪽 침엽수림은 완전 밀집 지역이었다. 흡사 두루마기를 풍채 좋게 두른 양반의 여유와, 청빈하게 살아온 선비의 올곧은 태도 같았다. 한쪽은 행간이 유유자적한 우유체 품이고, 다른 쪽은 기본 골격만 갖춰진 건조체 모양이다. 길 하나를 사이로 펼쳐진 서로 다른 세상은 글 숲이다. 내 글 숲은 그 속이 듬성하니 비어 삭막한 것보다는, 피톤치드 샘솟고 잎과 가지가 우거진 상쾌한 숲이기를 바란다.

쭉 올곧은 나무, 휘청 휜 나무, 그 나무를 타고 오르는 덩굴식물과 계곡에 흐르는 물소리, 갖은 나무와 그 꽃과 열매들…… 사는 냄새 물씬 풍기는 숲에서 누군가 쉬는 이 있다면 숲 가꾸는 일이 즐거울 게다. 길섶에 다닥냉이며 쇠뜨기가 싱싱하고, 쪽이나 비름이 무성한 들길처럼 그 숲이 생기로웠으면 좋겠다. 이른 아침 젖은 풀잎에 바짓가랑이가 좀 젖어도 좋을 마음의 숲이기를 꿈꾼다.

현대인의 고전으로 자리잡은 ≪연금술사≫를 비롯해 ≪오 자히르≫, ≪순례자≫ 등을 쓴 작가 파울로 코엘료. 그는 이미 열다섯 살 때 작가가 되어야겠다는 결심을 굳혔다. 그러나 작가라는 직업에 대해 썩 호의적이지 못했던 그의 어머니는 작가가 대체 뭐하는 사람인지 알고나 있냐고 아들에게 물었다. 그는 어머니 물음에 대답하기 위해 작가에 대한 조사에 나섰다.

그가 조사한 작가에 대한 일부이다. "작가는 항상 안경을 걸치고, 절대 머리를 빗는 법이 없다. 늘 화를 내거나 우울하거나 둘 중 하나다. 작가의 말을 이해하는 건 동료 작가들뿐이다. 그럼에도 작가는 남몰래 동료들을 경멸한다." 그리고 "작가는 여자를 유혹하고 싶을 때마다 냅킨에 시 한 편을 써서 건네며 이렇게 말하기만 하면 된다. '나는 작가입니다.' 언제나 통하는 방법이다."

문학이라는 막막漠漠한 길 위에서 막막寞寞해질 때 지표를 찾는다. 내 정체성을 회복하려는 일이기도 하다. 그 표지는 내 밖이 아닌 내 안에 있다는 것을 안다. 나도 어디에서나 통할 수 있도록 당당하게 말하고 싶다.

"나는 작가입니다."

소리

시간조차 굼뜬 산골의 점심나절이다. 아버지의 한가한 흥얼거림에 무료하던 공기가 잠시 뒤척인다. 큼지막한 헤드폰을 머리에 쓰고 소리에 몰두하신 아버지를 바라보다 싱긋 웃고 만다.

아버지는 시조창을 연습하는 날이면 일손도 놓은 채 총총히 출타하셨다. 부지깽이도 나서서 일을 거든다는 농사철에 부린 한량함이 어머니에게 곱게 비쳤을 리 없다. 아버지가, 그동안 시조창 대회에서 받아놓은 상장을 뒤적이자 벼른 듯 어머니의 타박이 쏟아진다. 상을 받아도 차비는커녕 붓글씨 쓴 종이 한 장 달랑 주는 것이 고작이라며 넋두리시다. 어머니 입장에서야 구구절절 고개가 끄덕여지지만 나서서 거들지 않는다. 은근히 아버지 편을 들고 있다.

아버지는 내가 어릴 적, 마을에 상여가 나갈 때에 선소리를 하셨다. 꽃상여 선두에 올라타 요령을 흔들며 앞소리 구슬프게 메기면, 상두꾼들이 그 소리를 받아 뒷소리를 했다. 망자의 넋을 달래는 아버지의 애잔한 소리 따라 상주들의 곡소리도 구슬퍼졌다. 궂은일 좋은 일에 소매 걷어붙이고 나서서 거들던 마을 사람들은, 이웃해 살던 이의 마지막 이승 길을 배웅하며 저마다의 설움으로 눈물을 찍어냈다.

당신은 사설지름시조를 연습하고 계셨다. 평시조로 시작해 사설·방각시조를 거쳐 엮음·사설지름에 이르기까지, 그 단계가 문학사의 시조 흐름과 상통했다. 특히 종장 마지막 한 음보는 노래하지 않고 남겨두는 것이 시조창의 묘미였다.

이를테면 평시조 〈청산리 벽계수야〉를 노래할 때, "명월이 만공산하니 쉬어간들 엇더리." 중 '쉬어간들'에서 불완전하게 끝맺음을 한다는 말이다. 이처럼, 마지막 음보까지 싹둑 끝내지 않고 까치밥마냥 슬쩍 남겨두는 미완의 여유는 분명 풍류의 멋이리. 아버지는 내게 맛보라며 능숙하게 단계별 앞 몇 마디씩을 불러주신다. 귀를 기울여 들어보지만 미세한 차이가 나는 듯 아닌 듯 고개가 갸웃거려진다. 아무래도 소리에 귀가 틔지 않은 탓이다.

세태 따라 노래 템포도 숨 가쁘게 흘러간다. 거기에 기성세대는 적응하지 못하고 특정 세대의 몫이라며 적당히 거리를 둔다. 입장을 바꾸어도 마찬가지 현상이다. 랩과 로큰롤에 익숙한 세대

들에게 느려터진 시조창은 잠이 오지 않으면 다행이다. 그나마 소리를 잇는 층이 대부분 연로하여 그 명맥조차 염려되는 현실이다. 우리 전통 가락의 맥을 꿋꿋하게 잇고 계신 아버지도 소리의 전수자인 셈이었다.

그런 일에 관심 없는 어머니는 망중한의 낮잠에 드셨다. 날아드는 파리처럼 가물가물 잠을 거슬렸을 아버지 시조창 소리가 멎자, 이제야 잠 좀 자겠다고 잠꼬대처럼 혼잣말을 하신다. 다시 자장가를 불러 드려야겠다며 팔순을 앞둔 아버지와 쉰이 다된 딸은 눈을 맞추며 웃었다.

자투리 시간을 수놓으려고 가져온 십자수를 종일 손에 달고 있다. 아버지의 시조창도, 소의 무료한 울음소리도, 마을을 두른 뒷산 자락처럼 배경으로 수놓인다. 귓전으로 솔솔 스며드는 아버지의 소리에 귓바퀴가 쫑긋해진다. 호흡을 참고 가느다랗게 잇는 소리가, 마치 외줄 위에서 발재주부리는 광대처럼 아슬아슬하다. 혹 광대의 발이 줄 아래로 헛디딜세라 오감이 긴장된다. 쉼표 없는 악보를 같이 따라가다가 긴 숨을 참지 못하고서 내가 먼저 휴, 숨통을 터뜨린다.

아버지의 시조창엔 당신 삶이 질펀히 녹아 있다. 개울물처럼 찰랑대거나 목으로 부르는 얕은 소리가 아니라, 당신이 살아온 구구절절한 삶처럼 눅진하다. 고된 들일 후 논두렁에 앉아 들이키는 잘 익은 막걸리의 맛일까. 지난至難했던 인생의 애환과 역정을 풀어내기에 그만한 수단이 없을 것 같다. 당신 여생에 불어온 청량한 바람이었을 것이다.

아담한 울안에 토닥토닥 울려 퍼지던 다듬이질 소리가 들리는 듯하다. 어머니는 마루 한쪽에 가구처럼 놓인 다듬잇돌에다, 눅눅한 이불홑청을 개어 올리고 방망이로 두들겼다. 다듬이 방망이는 어머니 손에서 율동적으로 춤추며 홑청 주름을 폈다. 홑청 주름 같은, 어머니의 가슴속 곡진 주름을 두드려 폈으리.

여울진 시절을 강물처럼 흘려보낸 어머니는 흰머리 무성하니 낮잠에 혼곤하시다. 젊은 날로 돌아가 다듬이질을 하시는가. 꿀맛 같은 낮잠 속을 넘나드는 아버지의 노랫소리에, 비몽사몽간 어물쩍 장단을 맞추고 계신 건가.

나도 그새 소리에 물들었나 보다. 시조창 곡조를 흥얼거리고 있다. 가락도 모르면서 흉내 내기하는 이것이야말로 파한破閑의 소리다. 그 파장까지 높였다 낮추었다 숫제 소리로 장난을 친다. 정중동의 경지를 모르면서 소리를 넘보는 일은 섣부르고 태부족한 일이다. 삶에 대한 초연함이며 마음을 비운 무던함까지 갖추어야 하겠으니, 소리하기란 광대의 줄타기나 다름없는 게다.

해거름에 들면서 십자수 무늬도 윤곽이 차츰 뚜렷해졌다. 천 개도 넘는 자잘한 칸을 한 칸씩 메워가는 일은, 달팽이가 먼 행복의 언덕을 찾아가는 일처럼 더디다. 아버지는 느린 곡조를 건들건들 즐기시고, 나는 끈기 앞에서 시시로 몸을 꼰다. 살아온 만큼의 노숙함과 미숙함의 차이다.

어느덧 마당에도 어스름이 내렸다. 꽃밭에 둘러싸인 집 그림

십자수 서표도 매듭짓는다. 한 땀마다에 고향의 하루가 고스란히
들어앉았다. 씨줄 날줄로 엮여 살아온 당신들 백년해로의 소망도
담뿍 담았다. 시조창이 흘러나올 듯 평화롭다.

꽃씨를 받으며

손톱마다 반달 같은 해가 봉곳 떴다. 발간 봉숭아 물이 든 손톱이 자라나는 하얀 손톱 옆에서 가을 해처럼 붉다. 여름 끄트머리의 열정이 들어서는 가을에 차츰 밀려나고 있다. 여름과 가을의 공존이다.

물든 손톱이 차츰 줄어들면 아쉬움에 더 자주 들여다보게 된다. 붙들어 놓은 시간이 손톱 끝에서 달랑거리다 어느 날 마지막 한 점까지 싹둑 잘려나가면, 맨송맨송해진 손톱을 보며 심심해진다. 그제야 한여름을 미련 없이 보내주는 것이다.

이제 무엇으로 기꺼워할까 하던 중 반짝 떠오른 생각이 있었다. 바로 꽃씨를 받아두는 일이었다. 김장으로 긴 겨울을 준비하듯, 속절없이 진 꽃씨를 거두어 다가올 봄을 기약하고 싶어졌다.

서둘렀다. 마침 온갖 꽃씨가 여무는 시기였다. 뭇시선을 받던 각양 꽃이 피었던 자리마다 꽃씨가 여물고 있었다.

주변 화단을 기웃거리며 꽃씨를 거두기 시작했다. 꽃이 지자 거들떠보는 이마저 없으니 지는 꽃이 서러웠을 거라며 꽃을 다독인다. 아니 나를 다독인다. 삶의 반환점을 막 돌고 있는 나도 지는 꽃의 처지나 다름없어 보여서다. 낙화 직전의 쓸쓸한 마음을 꽃과 나눈다. 꽃이 진 자리마다 새까만 씨알이 빼곡히 들어차 있다. 씨앗이 품은 꿈의 기운인가, 이 꽃 저 꽃 고루 씨앗을 받으며 부듯하다.

이 사소한 일로도 생기 머금는다. 채송화·제비꽃·샐비어·봉숭아 같은 그 이름들도 꽃처럼 예쁘다. 각기 다른 꽃모양처럼 둥글고 뾰족하고 깨알 같은, 씨앗의 생김새들도 서로 다르다. 그 씨앗들을 봉투에 담아 이름을 적으며 꽃의 한 해를 갈무리한다. 뜨겁게 산화한 후의 네 결실들을, 봄이 오면 따뜻한 땅에 뿌리내리게 하고 정성껏 거두어 주마.

꽃씨는 꽃의 사리다. 꽃의 정령이며, 발갛고 노랗게 여름을 산 흔적이다. 모래알만 한 입자가 빼곡하게 들어찬 까만 채송화 씨앗은 꽃의 눈물을 연상시킨다. 꽃이 진 자리마다 송골송골 솟아오른 진액 같은 꽃의 눈물, 그 결정체. 더 여물어질 수 없는.

어느 날 출근길에서다. 한 노인이 길가 화단에 쪼그리고 앉아 채송화 꽃모종을 심고 있었다. 흔치 않은 모습이 보기에 좋아 걸음을 멈추고 말을 건넸다. 집에 몇 뿌리 있어 심으려고 가져왔다고 말하는 그 마음이 꽃 같다. 씨앗이나 모종을 나누는 마음이 꽃처럼 주변을 밝힌다. 그로부터 얼마 지나지 않아, 노인이 가꾼 화단에는 색색의 채송화 꽃이 꽃망울을 터뜨리기 시작했다. 덩달아, 오가는 사람들 눈에도 채송화 꽃이 활짝 피었다.

흙 마당 한쪽, 소담스러운 작은 꽃밭에서 잘 어울릴 채송화다. 허리가 잔뜩 굽은 시골 안노인의 모습을 닮아 정감 가는 꽃이다. 한해살이 풀이면서도 여름 내내 끈질기게 피고 지는 양이 대견하기 짝이 없다. 하얀색 채송화 꽃은 아직 세상 물이 들지 않은 산골 소녀의 도화지 같은 모습이다. 새하얘서 눈부시다. 순백의 도화지에 동양화 물감이 번지듯, 하얗던 소녀는 색색의 봉숭아꽃물이 든 어른이 되었다.

봉숭아꽃은 언제 보아도 고향 친구를 본 듯 반갑다. 고향 장독간 옆 담장을 울타리 삼아 총총히 무리지어 핀 그 봉숭아가 떠오른다. 친정에 갈 때마다 여름을 보내는 통과의식처럼 손톱에 봉숭아 물을 들였다. 손톱에 봉숭아 물들이는 딸의 젊음이 부러운가, 어머니는 봉숭아꽃처럼 얼굴이 환해지셨다. 봉숭아 물을 들이는 일은 내 손톱에 주는 선물이기도 하다. 어른이 된 소녀는 덧없이 흘려보내기 아까운 시간을 봉숭아꽃으로 동여매곤 한다.

각양 꽃은 제 역할을 잘해낸다. 상가喪家의 흰 국화는 먼 길 떠난 이를 추모하고, 개업장 화환은 축하에 곁들여 발전을 기원한다. 차탁에 오른 소박한 들꽃은 그 분위기를 돋우며, 식탁에 꽂은 한 송이 장미는 단조롭던 집안을 화사하게 한다. 또한 가곡 "울 밑에

선 봉선화야~~~"를 연상케 하는 봉숭아꽃은, 어른들 마음을 옛 시간 속으로 달려가게 한다.

도심의 꽃탑이나 도로변 화단은 아무래도 도식적이다. 꽃을 색깔 별로 심고 질서정연하게 모양을 맞춘 흔적을 보며 가꾼 이의 손길을 떠올린다. 그러나 보도블록 사이로 가녀린 꽃대를 피워올린 민들레가 오히려 정겹다. 내년 봄엔 넓은 화분에다 채송화와 봉숭아 씨를 옆옆이 심어야겠다. 옹기종기 필 꽃들을 생각하니 꽃씨보다 내가 설렌다.

씨앗은 꿈이다. 나눌수록 행복해지는 그런 꿈, 꿈이 된 씨앗들도 도란도란 봄을 기다린다.

봄이 멀다.

음향吟香

각별한 자리였다. 난蘭이 망울을 터뜨려 집안이 향기롭다는, 이를테면 향기로부터의 초대였다. 그 집 거실 소엽란이 화분마다 눈처럼 뽀얗게 피어, 날아갈 듯 날렵한 자태로 향기를 솔솔 풍겼다. 초대한 이의 설레는 마음을 알 것 같았다.

난 꽃은 오전 열 시를 전후해 가장 짙은 향을 풍긴다고 한다. 그때쯤이 제 몸과 맘을 활짝 열어젖히는 시간인 모양이다. 그 향은 하루 내내 지속되는 게 아니라서 온몸을 열고 있지 않으면 때를 놓치기 십상일 것이다. 무릇 풀 한 포기에도 우주의 기운이 들어 있다.

꽃망울을 잉태한 난은 천 길 사람 속 같다. 꽃대를 살포시 올리고 참았던 향기 주머니를 터뜨리고서야, 저 혼자 품어온 뜨거운 속내를 헤아리게 한다. 은근살짝 품은 연정이 꽃망울이라면 그 핑크빛 연정을 활짝 피워 올린 것이 꽃이리.

요즘 동양란 보세의 달콤한 향에 취해 있다. 보세가 처음 우리 집에 올 때만 해도 잎만 밋밋하니 별 관심을 끌지 못했다. 줄기 어디에도 꽃을 품었음 직한 기미는 보이지 않았다. 오매불망 손자를 기다리며 밋밋한 며느리 배를 훔쳐보는 시어미의 심경이었을까.

어르고 달래며 쏟는 주인 마음을 읽기라도 했나 보다. 어느 날 보세 난에서 줄기도 아닌 것이 비죽하니 올라왔다. 차츰, 가지런히 모은 붓끝 같은 꽃대 모양이 갖춰졌다. 살짝 벌어진 꽃대 속엔 망울이 봉긋 잉태되어 있었다. 더욱 놀라운 것은 며칠 사이로 서너 개의 꽃대가 보란 듯 쑥쑥 올라온 것이다. 그때부터 꽃잎이 펴졌을까 하고 들여다보는 마음이 일일이 여삼추였다. 하, 꽃이 피기를 기다리는 마음이 애가 탔다.

그런데 그 난이 하룻밤 새 고아한 꽃을 피웠다. 만물이 잠든 사이, 시끌벅적한 세상이야 어찌 돌아가든 애지중지 품었던 제 마음을 살포시 펼쳐 놓았다. 산통의 흔적 없는 단아한 자태에서 나폴나폴 풍기는 그윽한 향에 그만 매료되었다. 애타게 기다린 보람이 있었다.

난 꽃은 조고만 꽃 자체가 향기 주머니다. 나부시 핀 꽃에서 눈을 뗄 수 없다. 꽃도 제 사랑받음을 느끼는지 산들산들 분 냄새를 풍긴다. 그런데 꽃을 하염없이 바라보는 마음이 애틋하다. 마음 깊이 흠모하는 대상을 저 혼자 바라보는 기분이다. 난 화분을 다탁에 올려놓고 따끈한 차라도 우린다면 그리던 이를 마주한 것처럼 행복감으로 충만하겠다. 마주한 사람 사이의 침묵까지도 향기로 감싸줄 것 같다.

학습지도를 했던 아이 중에 성환이라는 아이가 있었다. 초등학교 1학년인 남자아이다. 손자 볼 나이가 머잖아 그런지 아이들은 여아 남아 할 것 없이 하나같이 귀엽고 예뻤다. 그 아이와 나란히 앉아 교재풀이를 하고 있을 때였다. 아이가 닿을 듯 가까이서 또랑또랑한 눈으로 나를 올려다보더니 느닷없이 "선생님한테서는 좋은 냄새가 나요."라고 말했다. 그 말을 듣는 순간 상큼한 허브향에 휩싸인 듯 기분이 상쾌했다. 여태 그처럼 순수하게 와 닿는 기분 좋은 말은 들어보지 못했다. 그 아이에게 나는, 아이가 느낀 냄새로 기억될지도 모르겠다.

어떤 모임 때에 차를 준비해 오는 사람이 있다. 따끈히 우린 차를 보온병에 담아 와 두루 나누어 마신다. 어떤 음식도 먹어본 사람이 잘 먹는다고 한다. 베푸는 일도 그와 다르지 않을 것이다. 차를 우려 오는 일은 정성이 드는 일이다. 한 모금을 얻어 마셔도 고마운 마음을 잊지 않는다. 꽃의 향기, 차의 향기, 사람의 향기는 사람의 마음까지 향기로 채워준다.

외출할 땐 그날 기분에 따라 향수를 소량 뿌린다. 향료 함유 농도에 따른 오데 코롱, 오데 토일렛, 오데 퍼퓸, 퍼퓸 등 선택의 고민을 하는 것도 즐겁다. 간혹 이긴 하나 향수를 쓰는 것은, 남을 의식한 것이라기보다는 스스로를 배려한 쪽에 더 가깝다. 귓불 뒤나 손목의 맥박이 뛰는 곳에 살짝 묻힌 향이, 종일 설핏설핏 향기롭게 하는 것이 좋아서다.

향의 선택은 모임 성격이나 입는 옷에 따라 달라진다. 외출 전 안개처럼 살짝 분무하는 게 다지만, 집을 나서는 기분이 상큼해진다. 화장을 하고 옷매무새를 가다듬은 후 향수로써 외출 준비를 마무리하는 센스. 옷차림의 마지막은 구두나 핸드백이 아니라 향수라 말하고 싶다. 자신이 즐겨 쓰는 향수와 같은 향을 누군가에게서 맡게 되면 본능적으로 돌아보게 된다고 한다. 나도 그런 적 있다. 길을 가다 고향 이름의 간판만 보고도 돌아봐지는 것과 같다.

미국 영화배우 마릴린 먼로가 '샤넬 넘버5'를 입고 잤다는 말은 잘 알려져 있다. 향수를 입는다는 표현은, 향수를 진정 즐겨 쓰는 애호가가 할 수 있는 말일 터다. 샤넬 향을 입고 잤다는 마릴린 먼로야말로 진정 향수를 애용한 마니아였을 게다. 나도 내 전용 향수 하나 찜해 둘까 보다. 가공되지 않은 순수함으로 내 마음을 움직인 성환이처럼 '마음을 움직이는 향'이라는 이름의 향수도 괜찮겠다.

창가 햇살 가득 드는 곳에 난 분들을 놓았다. 그 앞에 차탁을 놓고 책상 삼아 쓰고 있다. 난과 눈 맞추며 하루하루 꽃을 기다린다. 꽃이 피면 누구와 향을 나눌까. 이런 마음을 아는지 모르는지 난 잎은 싱그럽고 고고하다.

보리밭을 흔드는 바람*

보리밭에서 살랑대며 봄이 오고 있다. 모진 겨울을 견딘 보리도 훈풍에 부들부들 몸을 푼다. 밭둑마다 논냉이, 씀바귀, 자운영, 지칭개 같은 봄풀들이 향을 풀어 제친다. 희고 붉은 봄꽃은 푸릇한 보리에 대비되어 더욱 앙증스럽고, 바람은 풋내를 실어 나른다.

녹색은 푸르고 따뜻한 생명의 길이다. 보리밭 녹색은 꽃밭에서보다 풋풋하고 향기롭다. 삭막한 겨울 들판을 푸르게 지킨 데는 보리의 공이 크다. 밟히고도 꿋꿋이 일어서는 강인한 기질의 보리 싹은, 돌보지 않아도 잘 크는 천덕꾸러기처럼 꿋꿋하게 자라 향수를 자옥이 불러일으킨다.

그처럼 굳센 보리도 겨울 서릿발에 성글어진 뿌리를 자근자근

다져줘야 한다. 그것은 한파에 들떠 뒤숭숭한 뿌리를 잘 다독여 땅에 뿌리내리게 하는 일이다. 겉으로야 매서운 추위에도 끄떡없는 성싶지만, 기실 그 뿌리 속엔 숭숭 바람이 드나들고 있었던 게다. 보릿고개를 넘던 우리 부모들 가슴팍을 드나들었을 냉기 머금은 바람처럼.

가을보리는 한 해 농사를 갈무리하는 가을에 오히려 씨앗을 뿌린다. 모태에 뿌려지는 일부터 생뚱맞다. 밟아줘야 제대로 뿌리를 내리는 것도, 밟으면 멍들어 죽는 다른 농작물에 비해 별나다. 그 끈질긴 생명력은 숱한 비바람을 헤쳐나온 우리 민족의 운명과 어쩔 수 없이 닮았다. 한으로 얼룩진 역사와 함께 살아남은 춘궁기의 연명 줄이었던 보리. 밟을수록 꿋꿋한 보리와 밟힐수록 들풀처럼 일어난 우리 민족 사이엔, 떼어놓을 수 없는 끈끈한 공통분모가 있을 법하다. 그것은 오랜 세월 일방적으로 당해온 약자의 서러움 같은 것이 아닐까.

보리밭에서 깜부기를 빼놓을 수 없다. 깜부기는 보리가 되기를 포기한 보리다. 손끝으로 살짝 건드리기만 해도 생명 같은 까만 분가루를 부스스 날리는 가녀린 존재다. 알곡이 되지 못하고 곯아버린 깜부기는, 일제강점기라는 수십 년 울분을 삼켜 속이 까맣게 타버린 민족의 모습이다. 그 깜부기가 없는 보리밭은 허수아비 없는 들판처럼 심심할 것 같다.

어느 시골 들녘에서였다. 보기만 해도 가슴이 풍요로워지는 보리밭이, 융단을 깔아놓은 듯 들판 가득 바람에 넘실댔다. 온통 푸른 보리의 물결이 고향 피붙이처럼 발길을 끌어당겼다. 이랑마다 튼실하게 자란 보리가 바람에 굼실굼실 휘고, 이삭이 막 핀 파스텔색조의 녹색 보리는 서로의 몸을 쉴 새 없이 비비고 있었다. 보리밭에서 나까지 푸르러졌다.

보리밭 에로티시즘을 표현한 화가 이숙자의 〈이브의 보리밭〉에 서 있는 기분이었다. 태양처럼 이글거리는 보리밭을 그린 반 고흐의 〈까마귀가 있는 보리밭〉 그림도 잠시 떠올랐다. 배고픔과 가난을 상징했던 보리는, 보리를 사랑한 한 화가의 손끝에서 화려하게 피어났다. 꽉 찬 생명력을 표현하고자 낟알 하나하나에 쏟는 붓질만 수십 차례, 삼십 년 넘게 보리를 그렸지만 아직도 성에 차지 않는다는 화가다.

그가 보리이삭을 묘사해낸 세밀함의 정성은 가히 탄성을 자아내게 한다. 화가의 보리에 대한 애착과 정서가 밑바닥에 없이는 쉽지 않을 것 같다. 한국적 서정과 민족의 슬픔이 배어 있는 보리밭 그림을, 그토록 오래 그려온 화가의 보리 사랑에 공감하는 바크다.

싱그러운 청보리밭을 오월의 바다에 비유하는 시인도 있다. 아닌 게 아니라 눈앞에서 넘실대는 보리밭이 바로 바다가 아닌가. 살랑대는 바람 따라 쏴, 쏴…… 보리의 파도가 밀려오고 밀려갔다. 폐부 깊숙이 들이마시는 바람에서 비릿한 갯내가 아니라 풋풋한 풀냄새가 났다.

애잔한 한 영화의 영상이 떠오른다. 〈보리밭을 흔드는 바람〉.

이 영화는 영국의 켄 로치 감독이 만든 시대극이다. 너무나 안타깝고 억울하게, 피할 수 없는 쓰나미 같은 시대적 소용돌이에 휘말린 두 형제의 엇갈린 운명이, 아일랜드 녹색 산천을 배경으로 담담하게 펼쳐진다. 보리밭에 부는 바람처럼 잔잔하게. 그러나 거역할 수 없이 휘몰아친 운명처럼 격렬하게.

영화에서 보리밭은 어디에도 등장하지 않는 민초民草와 평화의 상징물일 뿐이다. 평화로운 보리밭을 휩쓴 바람은 아일랜드를 송두리째 흔든 이념의 바람이었다. 한 마을에서 자라온 이웃과 형제끼리 서로 죽이고 죽는, 가슴 저 밑에서부터 조금씩 고여 오른 눈물이 끝내 핑 솟고 마는 아릿한 영화다.

분단국인 동시에 동족상잔의 비극을 안고 있는 아일랜드와 한국이다. 동류의 역사를 지닌 두 나라에게 보리밭은, 정겹지만 애틋함의 상징이기도 하다. 묻어둔 화로의 불씨처럼, 잠재운 아픔을 일깨우게 한다. 아시아의 IT강국 한국과 유럽의 IT강국 아일랜드 성장 밑거름에는, 두 민족에게 불도장처럼 새겨진 역사적 상처와 그 절박한 인고의 삶을 버티게 해 준 보리의 힘이 컸을 것이다.

보리밭은, 고향의 들이건 길을 지나다 마주친 어느 들에서건 걸음을 멈추고 한 번쯤 돌아보게 한다. 속마음 다 털어놓아도 좋을 친구처럼 마냥 푸근한 보리밭을 집안에 들여놓고 싶어졌다. 찍어 온 보리밭 사진 중 크게 인화할 것을 이것저것 고르다가 아예 밭이랑에 퍼더앉고 만다. 보리밭에서 시간 가는 줄 모른다. 바람이 흔

든 것은, 삼단 같은 보리 결이 아니라 유년의 보리밭에 불쑥 눌러
앉은 내 마음이다. 그 그립고 늘 푸른, 보리밭의 이브로 돌아가고
싶어서다.

옹크렸던 마음에 봄이 오고 있다. 보리가 알곡을 꿈꿀 때다.

---

* 켄 로치 감독이 만든 아일랜드의 독립운동에 대한 영화.
 2006년 칸영화제 황금종려상 수상작.

합창을 할 때처럼

성가대를 해온 지 열 몇 해째다. 합창은 대개 여성 2부나 혼성 4부로 하게 된다. 알토와 소프라노, 테너와 베이스 중 내가 맡은 파트는 알토다. 소프라노를 빛나게 받쳐주는 주춧돌 같은 역할이다.

여성 2부 화음도 단조롭긴 하나 단음보다는 한결 조화롭다. 거기에 남성 2부가 듬직하게 깔리면 화음은 오색실타래처럼 곱게 어우러진다. 살아가는 일에서 뿐 아니라, 화음도 남녀의 소리가 섞여야 멋진 조화를 이룬다는 것을 합창을 하면서 알게 된다.

합창은 정신을 집중해야 하는 협동 작업이다. 잠시라도 정신을 흐트러뜨리면 여지없이 틀리고 만다. 반 박자 먼저 튀어나온다거나, 소리를 동그랗게 오므려야 할 부분이 들쭉날쭉하다든가 하는. 1, 2절 가사를 섞어 부르는 실수도 저지른다. 나 한 사람의 부주의로 전체의 조화가 깨지면 얼마나 무안한 일인가. 미운 오리 새끼 같은 존재가 되지 않으려면 지휘자의 손끝에 집중해야 한다. 독불장군은 어디에서도 어울리지 못하는 법, 합창에서도 예외는 아니다. 여럿 중에서 튀는 불협화음은 외돌토리를 자청하는 거나 다름없다. 차라리 소리를 잠시 죽이는 미덕을 택하는 편이 낫다.

온 마음을 쏟아 노래하다 보면 번잡한 생각도 잠시 잊는다. 아옹다옹 사는 일을, 노래할 때만큼은 잊게 되고 마음을 가다듬게 된다. 목소리로 연주하는 노래는 소리로 하는 명상이라 할 만하다.

여러 소리가 함께 행진하는 합창에선 출발이 중요하다. 첫 음을 정확히 짚어야 악보의 레일에서 이탈하지 않고 제 길을 갈 수 있다. 잡히는 것 없는 허공에서 미세한 소리의 가닥을 정확히 잡아내는 일이 쉽지 않다. 그래서 첫 음을 잡을 때에는 자신감과 뱃심이 필요하다. 나는 틀릴 때 틀리더라도 용감하게 첫 소리를 짚는 편이다. 어정쩡하게 출발한 다른 소리가 씩씩한 내 소리를 따라 제 궤도로 찾아들 때 뿌듯해진다.

여럿이 노래를 할 때에 흔히 '입을 맞춘다.'는 말을 한다. 여러 사람이 노래하지만 한 입으로 부르는 것처럼 부르라는 말이다. 서로 다른 음색이 잘 섞여 결 고운 화성으로 어울리기까지 부단한 연습을 필요로 한다. 얼굴생김새처럼 다양한 목소리들이 한 입으로 부르듯 하는 합창은, 나를 드러내지 않는 겸손의 작업이기도 하다.

합창은 목소리가 빚는 예술이다. 갖은 소리들이 모여 강물처럼 넘실넘실 흘러간다. 사람이 어울리는 작은 세상이 여기에도 있다. 성당 대축일을 앞두고서 생소한 악보를 받을 때엔 적잖은 부담감도 생긴다. 낯선 사람을 처음 만나는 일처럼 서먹하여 사귀는 과정이 필요하다. 새 곡을 받을 때면 으레 겪는 일이다. 아이가 걸음마를 배울 때 한 발짝씩 떼어놓는 연습을 하듯 한 마디씩 익혀 나가다 보면, 데면데면하던 곡도 어느덧 소화하게 된다. 얼굴이 익으면 낯가림도 사라지고 악보와도 친숙해진다.

악보는 노래의 길이다. 앞만 보고 달리기에 급급하면 노래 맛을 살릴 겨를이 없다. 거기다 지시 표에 맞춰 '< = 점점 세게', '> = 점점 여리게', '· =한 음씩 끊는 듯이' 등으로 밋밋한 노래에 맛을 곁들인다. 실체 없는 노래를 살리려 세심한 연습을 한다. 거기다 제 반주 음을 이정표 삼아 찾아들어야 옆길로 새지 않고 곧장 갈 수가 있다. 음의 갈피를 잡지 못해 샛길로 들었다가 도중에 은근슬쩍 제 궤도로 찾아드는 일도 종종 일어난다.

노래는 잘 매듭짓는 일도 중요하다. 한 노래는 반주 음까지 끝을 맺고서야 비로소 끝이 난다. 그때까지 긴장을 풀 수 없다. 일 잘하고 마무리가 흐지부지하면 일한 보람이 없는 것처럼, 합창에서도 깔끔한 마무리는 기본이다. 공들여 갈고 닦은 목소리를 실전에서 한바탕 풀어내고 악보를 덮는 순간, 다 쏟아낸 후련함과 긴장의 이완을 동시에 맛본다. 소리를 통해 얻는 배설의 카타르시스다.

음악이 없으면 세상이 삭막하지 않을까. 어떤 집단의 아이들에

게 악기를 다루게 했더니 범죄율이 훨씬 줄었다고 한다. 음악은
한 시대를 반영하는 선두의 문화가 아닌가 싶다. 대중가요를 통
해 세대 구분이 되는 것만 봐도 그렇다. 어떤 노래를 함께 들었다
는 것은 한 시대를 공유했다는 동질감이 들게 한다. 또한 특정
음악이 한 시대의 기억을 떠올리게 하는가 하면, 백화점이 시간대
에 따라 내보내는 음악은 매출액에 영향을 미친다고 한다. 적절
하게 사용하는 음악 효과가 크다.

악기를 잘 다루는 사람을 보면 넘보지 못할 영역처럼 부럽다.
악기 연주에의 갈증은 나이를 먹는 것과는 상관이 없는 모양이
다. 근사한 레스토랑에서 폼 잡고 피아노를 연주하는 나를 포기
하지 않으니 말이다. 그러지 못하는 아쉬움을 합창으로 상쇄하고
있는 건지도 모르겠다.

음악은 만국의 공통언어다. 말이 다르고 피부색이 달라도 음악
은 그것을 차별하지 않는다. 가난함과 부유함, 귀함과 천함도 구
별하지 않으니 음악은 얼마나 공평한가. 음악을 좋아하는 사람이
라면 왠지 상통하는 무엇이 있을 법하다. 그 사람의 마음도 선율
처럼 고울 것 같다.

사는 일도 합창을 하는 것처럼 조화로웠으면 좋겠다.

말[言]

　말이 살아 있다. 발도 없는 것이 천방지축 설치고 다닌다. 그 뿐이 아니다. 한 번 입을 떠나 일파만파 번져나가는 파장은 말을 한 당사자가 감당하기 어려울 정도다.

　혹자는 칭찬할 자신이 없으면 남의 말을 입에 담지 말라고 했다. 그만큼 별 자각 없이 남의 얘기들을 한다는 뜻일 것이다. 아껴서 해야겠다며 염두에 두어도 잘 되지 않는 게 말인 것 같다. 연륜 따라 말도 품위를 갖췄으면 좋겠는데, 나를 드러내는 도구인 말투가 점점 거칠어지는 것 같아 안타깝다.

　상대방이 말을 많이 한다고 여겨질 때가 있다. 그럴 땐 거울 속의 나를 보듯 상대를 통해 나를 비춰보게 된다. 거울에 비친 자아 개념의 응용이다. 사회학자 쿨리에 의하면 다른 사람의 나에 대한 태도가 곧 나를 비추어 주는 거울 역할을 하며, 다른 사람 마음속에 비친 내 모습이 바로 영상자아라는 것이다. 사람들은 자신이 다른 사람에게 어떻게 비치는가를 한 번쯤은 생각해 보게 된다. 나도 말을 통해 상대에게 투영되는 내 이미지를 염두에 두는데, 이것도 영상자아의 한 개념이 아닐까 싶다.

대화는 상대방과 내가, 탁구 경기를 하는 것처럼 번갈아 주고받는 의사소통의 수단이다. 제 말만 하는 것은 대화가 아니라 일방적인 수다일 뿐이다. 저 혼자서 탁구를 하겠다는 말이 아니겠는지. 주고받는 리듬의 조율이 대화 기술일 것이다. 상대의 얘기에 귀 기울일 줄 모르는 사람과의 대화라면 주저 없이 'No thank you'다. 마주한 내내 기분이 유쾌하지 않을 것 같아서다. 말을 잘 듣는 것도, 말을 잘하는 것 못지않은 대화 예절일 터이다.

내 목소리는 우둘투둘한 원석에 가깝다. 음색이나 억양이 다듬어지지 않은, 문명과는 좀 떨어진 두메산골 원주민 같은 말투가 적나라하게 드러난다. 그래서인지 서울 말씨에 대한 콤플렉스가 없지 않다. 이따금 서울 말씨에 대한 동경이 고개를 치켜들지만 어디까지나 동경일 뿐, 있는 그대로의 나로 산다. 내 말은 내 모어母語이다.

"표준어는 교양 있는 사람들이 두루 쓰는 현대 서울말로 정함을 원칙으로 한다."는, 국어연구소의 표준어 규정 총칙 제 1항이다. 내가 하는 말은 그 첫 조항에서부터 비켜나 있다. 현대 서울말을 구사하지 못하는 내 말소리와 억양은, 표준어 규정에 따르자면 교양과 거리가 멀다는 말이다. 대놓고 '넌 아니야.'라고 하는 것 같다. 물론 나긋나긋한 표준어 구사를 근거로, 그 사람의 지적 수준을 가늠할 수도 있을 것이다. 그런 점에서 현대 서울말을 쓰는 수도권 지역 사람들은 삶의 플러스 인자를 덤으로 받고 태어난 셈이다.

말은 그 사람을 가장 잘 나타내는 의사표시 수단이다. 은연 중 하는 말 속에 그 사람의 지적 상태나 사고방식, 세계관 등이 내포되어 있다고 해도 크게 틀리지 않을 것이다. 말을 아끼는 사려 깊은 사람 앞에서는 덩달아 말을 조심하게 된다. 말을 많이 하다 보면 하지 않아도 될 말까지 하게 되는 경우가 종종 있다. 돌아서서 후회하지만 말은 이미 쏟아진 후다.

말을 자제하기 위해 스스로에게 경종을 울리게끔 약속한 것들이 있다. 차분한 목소리로 말하기, 바른말 고운 말을 생활화하기, 말은 곧 내 인격임을 명심하기, 상대방의 말 잘 듣기, 그리고 꼭 필요한 말만 하기. 말을 엎지르기 전에 조심하자고 벽에 써놓은 다짐이다. 그러나 유전자처럼 굳어버린 언어습관을 고치기가 쉽지 않다.

말이 남기는 후유증도 크다. 누군가 가볍게 한 말이 어떤 사람에게는 오랫동안 마음의 금으로 남기도 한다. 무심코 뱉은 말이 누군가에게는 두고두고 되새김질되는 아픔으로 남을 수도 있다. 자나 깨나 불조심이라는 말처럼, 자나 깨나 말조심을 하자고 나에게 강조한다.

췌장에 이상이 있어 입원한 친구를 문병 갔을 때다. 친구는 며칠째 금식치료 중인, 중환자나 다름없었다. 눈이 퀭한 친구를 보며 걱정한다고 한 말이 "너 그러다가 굶어 죽겠다."라는 거였다. 며칠간 미음 한 모금 먹지 못한 친구에게, 금식 여부는 생사가 걸린 일이었다. 그런 친구에게 굶어 죽겠다는 앞뒤 생각 없는 말실수를 한 것이다. 집에 와서야 정신이 번쩍 났다. 친구에게 당장 전화를 해서 그 말을 취소한다고 전했다. 링거액에 의지한 친구의 금식은 일주일을 훨씬 넘기고 있었다.

웬만하면 부정적이거나 비관적인 말은 입에 담지 않으려 한다. 기왕에 하는 말이라면 긍정적인 것이 듣기에도 두루 좋을 것 같아서다. 습관처럼 툴툴거리는 사람에게서는 음습한 기운이 흐르는 것 같아 거리를 둔다. 건전한 사고를 가진 사람을 대하면 덩달아 기운이 솟는다. 내가 아는 어떤 이는 긍정적 사고가 타고난 것처럼 몸에 배어 있다. 그를 만나면 내게도 밝은 기운이 전이되는 것을 느낀다. 나도 좋은 에너지를 전하는 사람으로 기억되고 싶어진다.

대중가요도 노랫말이 청승스러운 것은 멀리하게 된다. 노랫말도 말이므로, 말이 씨가 되게는 하고 싶지 않다. 요절한 가수들을 두고 사람들은, 어쩐지 슬픈 노래를 부른다 싶더라니 하며 뒷말들을 한다. 그래서인지 구슬픈 노래는 썩 내키지가 않는다.

실체는 없으면서 살아 있는 말. 한 번 뿌려지면 원치도 않은 곳에서 알을 까고 그 알이 또 새끼를 치는 말. 반면 말 한마디로 천 냥 빚도 갚는다는 말, 말.

세 치 혀의 위력을 새삼 되짚는다.

기다림의 꽃, 모란이 피기까지

모란이 피기까지는
나는 아직 나의 봄을 기다리고 있을 테요
모란이 뚝뚝 떨어져버린 날
나는 비로소 봄을 여읜 설움에 잠길 테요.
　　　　　　　　　　　- 김영랑, <모란이 피기까지는> 중

　모란은 봄을 보내며 피는 꽃이다. 늦은 오월에 피어 봄의 마지막을 장식한다. 꽃은 계절을 상징하고, 그 꽃이 있어 계절은 한층 계절답다. 모란이 피우는 자홍색 꽃엔 처연함마저 묻어난다. 무어 그리 안타까운 사연이 있는지 붉고 붉다. 진달래도 지고 목련과 수선화도 피었다 진 때에 짙게 피어서는, 봄의 끄트머리를 아로새긴다.

공단 결처럼 보드라운 모란 꽃잎은 얼핏 보아 종이꽃 같다. 생화인지 조화인지 잠시 헷갈린다. 만져보면 꽃잎의 감촉은 아기 살결처럼 보들보들하니 생명을 머금고 있다. 조용한 강촌이나 한적한 시골집 흙 담 아래 혹은 사찰 주변에서 그곳 토박이처럼 잘 어울린다. 어른 주먹만큼 크고 탐스러운 생김새에 어울리지 않게 자태가 새색시마냥 조신하고 다소곳하다.

모란은 영랑 이전 선덕여왕의 지기삼사설화로 잘 알려져 있다. 그런데 선덕여왕이 향이 없을 거라고 예견한 것과는 달리 향이 없지 않다. 정말로 향이 없을까 하는 호기심은 종종 꽃에다 얼굴을 갖다 대고 향을 맡아보게 했다. 놀랍게도 "꽃은 자기에게 어울리는 철에 피어야 한다."*던 지조의 모란은, 지조만큼 짙고 깊은 향기로 제 존재를 알려왔다. 은근한 향취에 아롱아롱 취할 만큼이었다. 역사의 진실인 양, 모란에는 당연히 향이 없을 거라 익히 들어온 믿음이 모란꽃 향기에 와르르 무너지고 말았다.

모란은 모양이 풍성하고 우아하여 꽃 중의 왕이라 불렸다. 병풍 속 단골 소재이기도 했다. 불교에서는 부처께 올리는 꽃 공양 중에 모란을 첫째로 치고, 그 다음으로 연꽃과 황국을 꼽았다. 또 정이품 이상 고관대작의 흉배에만 수놓일 수 있었던 꽃이었다. 모란꽃이 그려진 액자는, 부귀화라는 이름 덕에 이사한 집에 선물하

---

* 당 고종의 황후로 중국 역사상 유일한 여제(女帝)인 측천무후와 관련된 일화. 무후가 눈 덮인 뜰에 핀 매화를 보며 '다른 꽃들도 저 매화를 본받아야 한다.'고 하자 모란만은 자신의 신념을 지켰다고 함.

는 목록 중 단연 우선순위였다. 과연 모란이 지닌 덕을 알 것 같다.

영랑이 애틋하게 우러르던 모란은, 그가 봄을 기다리는 이유이며 사는 보람이었다. 모란이 지고 나면, 차마 보내기 싫은 봄을 완연히 놓아주며 봄을 여의는 설움에 잠겼다. 그것은 이제는 봄을 보내야 한다는 다짐이며, 봄도 한 해도 다 보내는 허망한 일이기도 했을 것이다. 긴긴날 기다렸던 모란꽃이 어느 날 뚝뚝 떨어지면 한 해가 다 간 듯 "삼백예순 날 하냥 섭섭해" 울며. 그러나 영랑은 다시 다가올 찬란한 슬픔의 봄을 기다렸을 것이다.

영랑의 봄이 슬픈 것은 한 소망이 져버린 것에의 맥 풀림이었다. 이듬해 모란이 필 때를 기다리는 일은 너무 막막한 일이자 지루한 기다림이다. 무엇을 기다려 본 사람은 안다. 그 일이 얼마 만큼의 참을성을 필요로 하는가를. 어쩌면 우리가 사는 나날은 기다리는 일의 연속일 터, 사람을 기다리고 절실한 무언가를 기다리며 참는 법을 익혀간다. 기다림에 익숙해지는 것은 그만큼 성숙해진다는 뜻이다. 영랑에게 모란은 그 많은 기다림을 견디게 하는 이유였을 것이다.

기다림 중에서도 가장 슬픈 기다림은, 오지 않는 그 무엇을 기다리는 일이다. 삼백예순 날보다 더 오랜 시간을 기다려 온 만남이 어긋난 적 있다. 약속한 장소에서 수많은 사람들이 오고 떠나갈 동안 나만 붙박이 의자처럼 자리를 뜨지 못했다. 하마 올 것 같은 순간이 금세 한 시간이 되고 두 시간이 지났다. 그래도 허물어지지 않던 약속의 기대로 혹시나 하고 뒤돌아보며 발길 돌릴 때의 안타까움이 컸다. 영랑이, 남달리 좋아하던 모란이 진 후

뻗쳐오르던 삶의 행복까지도 무너지는 섭섭함을 맛보았던 심정처럼. 지귀설화 속, 지독히 사모했던 선덕여왕과의 만남이 어긋나 불타버린 지귀의 마음처럼.

애틋한 기다림은 또 있다. 신라 때 박제상은 시대의 충신으로 추앙받았다. 그는 눌지왕의 명으로, 볼모로 가 있는 왕의 막내 동생을 구하러 일본으로 갔다. 그러나 왕의 동생 미사흔을 탈출시키는 데 성공하지만 불행히도 자신은 붙잡혀 돌아오지 못한다. 이 소식에 제상 부인은 통곡하며 망덕사(경주 소재) 절 앞에 주저앉아 움직이지 않았다고 한다. 이에 역사는 제상 부인이 아이들을 데리고 치술령에 올라 돌아오지 않는 남편을 기다리다 돌이 되었다고 전한다.

박제상은 한 나라의 충신이었지만 그 가족에게는 다만 남편이며 아버지였던 것이다. 망망한 바다만 바라보며 남편을 기다리다 속이 까맣게 탔을 역사 속 이야기에, 천 년 세월에도 아랑곳없이 가슴 저리다.

제상 부인의 기다림은 해소되지 않을 영원한 기다림이었다. 반면 영랑의 봄은 다시 기약할 수 있는 봄이다. 그에게 모란은 모란꽃 그 자체인 동시에 지상에 존재하는 모든 기대와 희망을 대표하는 꽃이다. 그의 봄이 결코 절망적인 "슬픔의 봄" 만이 아닌 까닭도, 봄이 오면 모란은 또 피어날 것이기 때문이다.

나는 나의 모란이 활짝 피어나기를 소망한다. 슬픔의 봄이 아닌 찬란한 봄을 기다린다.

환승역

사람구경을 하고 있다. 지하철 환승역에서다. 환승역은 정처 있는 사람들이 밀물처럼 채워졌다 썰물처럼 쓸려나가는 도심의 바다다. 어디에선가 몰려들어 뿔뿔이 흩어지는 사람들은 각각의 떠도는 섬이다.

열차는 승강장에 도착할 때마다 물고기가 산란을 하듯 한 무리를 쏟아낸다. 다시 새로운 먹이를 한 입에 삼키곤 깜깜한 굴속으로 꼬리를 감춘다. 지하철은 땅속을 돌고 돌며 인생을 실어 나른다.

지하철을 탄 사람들은 열차 안에 있는 동안은 공동운명에 처한다. 그러고 보면 현대인은 모르는 사람들과도 수시로 한 운명의 울타리에 갇힌다.

수많은 실루엣이 앞을 스쳐 지난다. 가족이 후딱 지나쳐도 몰라보겠다. 바라보는 나도 지나치는 그들도 무슨 엄숙한 일이라도 있는지 표정들이 없다. 걸어 다니는 마네킹이다. 사람이, 걸어다니는 사물이다. 그 사물들을 보고 있자니 은근히 내 표정에 신경이 쓰인다. 입꼬리를 살짝 올려보기도 하고 없는 거울에다 대고 표정도 지어본다.

사람들은 막 들어오는 열차를 타지 않으면 손해라도 입는 것처럼 숨차게 열차 안으로 뛰어든다. 닫히는 문을 온몸으로 저지시키고 기어이 열차에 승차한다. 나도 괜히 손해 보는 것 같아 덩달아 서둔 적이 많다. 반 박자만 늦추어도 여유가 생길 터다. 계단을 뛰어 오르내리는 사람들을 보기만 해도 숨이 차다. 늘 헉헉대며 사는 것이 좋은 모양새로는 보이지 않는다. 그것이 바쁜 현대인들이 살아가는 한 단면이다.

조급증은 역광을 받은 그림자처럼 나를 앞질러가곤 한다. 언제부터 이리 다급해졌는지 딱한 노릇이다. 녹색이 부족한 환경 탓에 일말의 여유마저 콘크리트처럼 굳어버린 증세일까. 사람들은 자신도 모르는 새에 허겁지겁 사는 모양으로 변해 가는지도 모른다. 이런 서두름증에는 자연과의 교감이 좋은 치유제인 것 같다. 산에 오르거나 자연과 눈 맞추며 자박자박 걷다 보면, 분잡한 내면도 어느새 고요해지는 것을 느낀다.

간발의 차이로 놓쳐버린 열차처럼 인생 절호의 기회도 알게 모르게 놓치곤 한다. 이웃해 살던 사람 중에 오랫동안 실업상태에 있던 사람이 있었다. 그에게 딱 적격인 일자리가 들어왔는데 미적거리는 중에 그만 남의 차지가 되어버렸다. 남의 입으로 들어간 떡은 이미 떠난 기차나 다름없었다. 뒤늦게 발 구르며 잡으려 한들 소용없는 일, 그는 열차가 역에 닿기 무섭게 뛰어들던 사람들의 마음을 헤아렸을 것이다.

나이 들어가는 것은 시행착오를 줄여가는 과정인 것 같다. 이왕 놓쳐버린 기차에 미련을 둘 필요가 있을까. 어둠 속으로 떠난 열차는 다시 어둠 속에서 환히 불 밝히고 들어오지 않던가. 자, 이제 기회를 잡으라고 기적을 울리며, 지하철이 멀리에서 불 밝히고 들어오면 마음이 바쁘다. 들어오는 기차는 또 다른 기회이며 희망이기 때문이다. 캄캄한 굴을 헤치고 보무도 당당하게 들어오는 열차의 불빛은 볼 때마다 반갑다.

굳이 지금 오는 열차를 타라는 법도 없다. 하나쯤 놓친 후 다음 열차를 기다릴 객기도 부릴 만하다. 그것은 반 박자 쉬어가는 여유일 것이다. 한 걸음 뒤처졌다고 세상이 바뀔 리 없다. 딱히 기다리는 사람도 없으면서 그냥 기다리다, 아는 누군가를 만나는 덤도 누리게 될지 아는가.

사람들이 다 떠난 지하철 승강장에 혼자 남은 호젓함도 누려보자. 연극배우는 막이 내리고 불꺼진 빈 객석을 바라보며 자신 속으로 깊이 침잠하게 된다고 한다. 사람들이 우르르 쓸려나간 빈 승강장에서 하루의 공연을 끝낸 연극배우가 되어보는 것이다.

더러 인파에도 휩쓸려 보자. 하나도 급한 것 없는 사람처럼 각양각인 틈에 섞여보는 것도 괜찮으리. 나만 제일 힘든 것 같고 불행할 것 같은 절망일랑 툴툴 털어내고, 희망찬 기운을 채워오는 거다.

멀리 철로 끝에서 불빛이 깜빡인다. 가슴에 환한 불이 켜진다.

텅

나목 군락지에서의 고독은 사람 사이에서보다 깊다. 주위엔 적요만 감돈다.

텅 빈 산에서 '군중 속의 고독'이란 말을 떠올린다. 인간은 그 무엇과 관계있을 때에만 자신을 인식하는 경향이 있다던가. 무엇인가와 관계가 있을 땐 혼자가 아니라서 고독을 느끼지 못하지만, 관계가 없을 때는 그 속에 관계되지 않은 나는 고독할 수밖에 없다는 것이다.

겨울나무, 그들은 참 천연덕스럽다. 입었던 옷을 말끔히 떨어내고는 소복한 눈을 솜이불 삼고서 밤사이 일을 모른 척 시침을 뗀다. "두툼한 눈을 깔고 누워/살과 살을 맞댄 채 뒹구는 나목裸木들,/겨울은 나무들의 밤이다."라고 한 오세영의 〈나무〉에서처럼,

뜨거운 눈 속 이야기를 감추고서. 그러나 그게 감춘다고 감춰질 일인가. 머지않아 다투어 새싹을 틔워서는 겨울 밤사이의 일을 고스란히 드러낼 텐데 말이다.

산 샅샅이 나무들의 추억이 조곤조곤 쌓여 있다. 저들을 스쳐 간 비, 바람, 햇빛, 새들의 지저귐과 지나쳐 간 무수한 발자국들의 흔적……. 그 많은 이야기를 삭여두었다 조잘조잘 피워낸 것이 무성한 잎이리. 그 잎이 제 자양분이 되기 위해 비울 줄 알아야 된다는 것을, 나무 그들이 알몸으로 일러준다. 나무는 서 있는 세월이고 산의 이정표가 된다.

나무도 같은 종끼리 집성촌을 이룬다. 저들만의 질서 속에서 숨 막히는 고요로 봄을 기다린다. 그들이 뿌리내린 언 땅 밑에서는 내밀한 수런거림으로 쉴 새 없이 들썩일 것이었다. 주고받는 기운으로 서로를 지탱하고, 때로는 험한 세상에서 하늘 높이 키를 키우는 경쟁도 할 것이다.

어느 겨울 해운대에서다. 그해 겨울 들어 가장 매섭다는 추위가 도시를 덮친 날이었다. 그날따라 톡 쏘는 바닷바람이 맞고 싶어 해운대 바다를 찾아갔다. 그런데 사계절 내내 인적이 끊이지 않는 해운대 해안이 눈을 의심케 할 정도로 텅 비어 있었다. 겨울 빈 숲의 적막이 해안으로 옮겨 앉은 듯했다. 백사장을 찬찬히 훑어보았지만 끝내 단 한 사람의 그림자도 보이지 않았다. 마치 한 발 총성이 울린 뒤 잠깐 숨을 멈춘 정적이랄까.

발갛게 언 가로등이 해안을 따라 휘어진 해변은 고즈넉해 보였다. 움직이는 물체라고는 없는, 쓸쓸한 듯 평화로운 겨울 바다였다. 그 후로도 그처럼 완벽하게 빈 백사장은 본 적이 없다. 2100년쯤엔 겨울이 사라질 만큼 지구가 온난화된다고 하니, 앞으로도 그처럼 텅 빌 일은 없어 보인다. 시린 가로등 불빛만 물결에 일렁이던 그 겨울 해운대 바다는, 겨울 바다의 상징으로 기억 속에 수놓여 있다. 여름 휴가철에 수많은 인파로 몸살 앓는 해운대를 볼 때면, 온전히 비움으로써 압도한 그해 겨울이 떠오른다.

나이 들수록 생각이 단순해지는 것 같다. 복잡한 일을 생각하면 머릿속이 마구 엉키는 느낌이다. 깊이 생각하거나 골치 아픈 것은 점점 멀리하게 된다. 기억력의 쇠퇴가 급물살을 타고 나를 황당하게 하는 일이 일상에서 종종 일어난다. 휴대전화기를 손에 들고서 찾는 일은 다반사다. 중요한 일을 잊어버리는 실수를 저지를까 열두 번도 더 속으로 되뇐다. 산은 자신을 온전히 비웠다 다시 그득하게 채우는데, 내 머릿속은 점점 비어가는 모양이다. 이러다 자칫 생각까지 비어버릴까 염려된다.

폭풍우나 번개를 온몸으로 맞닥뜨려야 하는 산이 인간 세상 같다. 우뚝 선 나무 하나하나가 치열한 삶을 살아가는 인간군상으로 보인다. 그 와중에도 나무는 사계절 명상을 한다. 봄·여름·가을·겨울. 조용히 잎을 피웠다가 미련 없이 떨어내는 명상법이다. 욕심과 감정을 버리고 초연하게 세상에 대처하는 나무의 의연함을 본받고 싶다.

나이테는 나무가 묵묵히 새긴 세월의 둘레다. 안으로 조용히 나이를 키우는 나무처럼, 나도 속이 찰수록 고개 숙이는 향기로움을 지녔으면 좋겠다. 물만 먹고 사는 나무에 비해, 별것 다 취하고 사는 사람들에겐 비울 게 좀 많겠는가. 사람을 더럽히는 것은, 사람의 입으로 들어가는 것이 아니라 그 입에서 나오는 것이라 했다. 사람도 철따라 정신을 말끔히 씻어, 말간 새 그릇에 맑은 생각을 담으면 이 세상도 숲처럼 맑아질 것 같다. 법정 스님이 즐겨 쓴 "속뜰", 그 속뜰이 맑아야 하는 게다.

발밑에서 불끈대는 산의 맥박소리를 듣는다. 봄이 깊숙이 태동하는 소리다. 머지않아, 발가벗은 나무마다 움 틔우는 소리로 소란하겠다. 세상이 생명으로 요동치면 나도 초롱초롱 생기 찰 것 같다.

태극기 휘날리고 | 마애불이 웃었다 | 뷰파인더로 세상보기
웃음꽃 | 하필 이 봄날 | 들꽃이 좋다 | 진정한 친구
오천 원 | 멋진 그 | 마지막이듯

태극기 휘날리고

광복절에 우리 가족도 해방이 되었다. 고운 정보다 미운 정이 더 들어 징글맞은, 스무 해 산 집에서 벗어났다. 긴 세월에 모서리가 닳은 세간의 반은 버리고, 반은 주섬주섬 이사 차에 싣고 새 보금자리로 떠나왔다. 우리나라가 일제강점기에서 해방된 지 64주년이 되는 날이었다.

세간이 다 빠져나간 집을 둘러본 뒤 이웃해 산 노인을 찾아가 작별인사를 했다. 가까이서 산 세월만큼 서로의 궂은일 다 지켜본 노인의 눈에 금세 물기가 돈다. 건강하시라며 돌아서는데 뒤에서 옷자락을 잡는 듯하다. 오만 가지 감회로 달막거리는 심정을 지그시 누르며 이사 차 조수석에 앉았다.

세간을 실은 차는 동네를 굼실굼실 돌아 나왔다. 이사 올 때부터 있던 동네 미장원이며 세탁소며 문구점을 지났다. 우환을 질펀히 겪은 곳이라 기실 한시라도 빨리 벗어나고 싶었다. 우리 가족에게 굵직한 상흔을 남긴 곳이기도 하고, 아이들이 잘 자라준 애틋한 곳이기도 했다. 이윽고 동네를 다 벗어난 차는 이제 거치적거리는 것 없다며 시내를 달리기 시작했다. 공휴일의 도로는 막힘없이 뻥뻥 뚫려 있었다. 꿈같기도 하고 잠깐 동안의 착각 같기도 한, 눈앞의 일들이 실감나질 않았다.

스쳐 지나는 차창 밖을 감회에 젖어 바라보다, 도로변에 벌어진 한 풍경에 나도 모르게 쾌재를 외칠 뻔했다. 태극기가 길 따라 도열해서는 일제히 손 흔들며 새 동네로 들어섬을 환영하고 있는 게 아닌가. 무슨 일인가 하고 정신 차려보니 광복절이다. 그동안의 태극기는 그냥 우리나라를 상징하는 태극기일 뿐이었다. 가로수이거나 가로등처럼, 오며가며 시시때때로 보게 되는 눈에 익은 깃발이었다. 요즘은 디자인에 응용되기까지 하는 그냥 국기였다. 그런데 우리 가족이 새 둥지를 틀러 가는 길의 태극기 물결은 나를 격려하며 나부끼는 희망의 깃발이었다.

　　아! 누구인가?/이렇게 슬프고도 애달픈 마음을/맨 처음 공중에 달 줄을 안 그는.

- 유치환, <깃발> 중

끝없이 비상하면서도 늘 깃대에 묶여 있는, 슬프고도 애달픈 청마의 〈깃발〉이 아니었다. 비상하려는 한 가족에게 보내는 진심어린 갈채였다. 그들이 보내는 '소리 없는 아우성'이 귓전에 쟁쟁하게 들려왔다. 보름 사이에 어금니가 세 개씩이나 뽑혀나가는, 우주의 흔들림에 비유하며 견뎌낸 나에 대한 격려였다.

살아가며 드나들고 싶지 않은 곳이 있다. 그곳은 병원과 법원, 경찰서다. 병원은 몸이 아플 때 가는 곳이다. 법원이나 경찰서는 어떤 분쟁이나 법적인 일과 연상 지어진다. 생각하는 것만으로도 썩 달갑지 않은 기운이 덮친다. 그런 곳에 가면 어느새 움츠러드는 자신을 발견한다. 그런데 그 세 곳을 두어 해 동안 뻔질나게 들락거렸다. 집이 재개발과 연관되어 법적으로 해결해야 할 일이 있어서, 또 그 판결을 받아 다른 해결의 근거로 삼아야 했기 때문이었다.

염치를 차리고 여유부릴 때가 아니었다. 무료법률상담소를 찾아다니고, 인터넷으로 배우고 발로 뛰며 막막한 벽을 넘기 위해 더듬었다. 법 앞의 무지로, 집안에 법조계에 몸담은 사람 하나쯤 있었더라면 하는 생각이 간절했다. 결국 다 해결됐다. 병원과 법원, 경찰서와 얽혔던 일에서 벗어났다.

한시름 놓았다고 좋아하며 맘 놓고 있을 새가 없었다. 이사를 해야 했다. 집에도 임자가 있다더니 정말 그런가 보았다. 여러 달 동안 집을 보러 다녔지만 이런저런 사정이 맞지 않더니, 참고 기다린 보람이 있어 원하던 지역에 집을 구할 수 있었다.

이사 날을 잡고 짐 정리를 하던 어느 날 저녁이었다. 초저녁부터 조금씩 꿈틀대던 치통이 밤이 깊어가며 더욱 심해졌다. 괜찮겠지 하고 대수롭지 않게 여겨 진통제 한 알을 먹었다. 그러나 치통은 이제 시작에 불과하다는 듯 강도를 높여갔다. 머리가 터질 것 같았다. 몸서리를 치다 119에 전화를 했다. 그러나 치통에 대한 도움은 별로 줄 것이 없다며 관련 병원만 일러주었다. 그 밤을 꼬박 앓았다.

지옥은 바로 치통 속에 있었다. 출산의 고통보다 지독하다는 생각이 들었다. 한 번 들쑤셔진 통증은 쉽게 물러서지 않았다. 끈질기게 달라붙어 괴롭히는 비호감형의 사람 같았다. 끝내 보름 만에 사랑니 한 개와 어금니 두 개를 뽑고서야 치통에서 자유로워졌다. 치아는 스무 해 동안 산 집을 떠나는 것을 아는 양, 갈 거면 지난 흔적까지 깡그리 뿌리 뽑고 가라는 모양이었다.

그렇게 희로애락 묻은 집을 떠나온 날이, 일본에 빼앗겼던 나라의 주권을 다시 찾은 광복절이었다. 그 좋은 날 이사 차를 환호하던 태극기 물결 속에, 휴일 한산함으로 훤히 뚫린 새 보금자리로의 행진이었다. 떠나오는 쓸쓸함보다는 새 출발을 축복해주는 태극 행렬이 뭉클한 감격으로 가슴 가득 펄럭였다. 태극기는, 너무 좋음도 아주 나쁨도 영원한 것은 없다는 초연함으로 나부꼈다.

중국 한 철학자는, 필연적으로 기가 모여 만물을 이룬다고 했다. 모든 일은 그 자리에서 어느 날 문득 시작된 게 아니라, 그 이전부터 서서히 그렇게 되도록 만들어진다는 것이다. 지금 일어나는 기쁘거나 슬픈 일도 다, 지난 어떤 것으로부터의 이어짐이니 너무 기뻐하지도 너무 슬퍼하지도 말라는 것이다.

그래도 기쁜 일엔 기쁘고 슬픈 일엔 슬퍼지는 것이 사람 본연의 감정이다. 나도 감정에 휘말릴 수밖에 없는 연약한 인간일 뿐이다.

살아가며 광복절의 태극기를 잊지 않을 것이다. 끝없이 깃대에 묶여 애달픈 깃발이 아닌, 환호하던 희망의 깃발로 기억하려 한다.

마애불이 웃었다

절에 간다. 절에 갈 때 마음은 잔잔하다. 내가 절에 가는 것은
굳이 무슨 용건이 있거나 한 것이 아니다. 내가 절에 간다는
것은 특별한 까닭이 있는 게 아니다. 그저 간다는 게 목적이고
전부다.

공감하는 장석남 시인의 글이다. 나도 가끔 산사에 간다. 산행
을 앞세워서다. 산사가 주는 한적하고 고즈넉한 풍취가 좋다. 산
자락에 폭 싸인 절은 작고 아담할수록 마음에 끌린다. 남의 집
대문 들어서듯 주뼛거리며 경내를 기웃거리다 냉수 한 모금 마시
고 마음을 가다듬는다. 산속 절 하나 만나지 못한 산행 날은 찬
없는 밥을 먹은 듯 싱겁다.

산사에서 하는 행동이 경내를 어슬렁대다 고작 카메라 렌즈를 들이대는 일이긴 하다. 혹 불자가 아니라고 드러내는 꼴이 될까 몸가짐이 조심스럽다. 불자와, 불자가 아닌 사람과는 하는 행동으로 대충 구별이 되는 것 같다. 단순한 관광객인지 불공을 드리러 온 사람인지, 스님을 대하는 태도와 몸가짐에서 내가 보기에는 그렇다. 여느 관광지에 온 듯 목소리를 높인다거나 상식을 넘어선 행동을 할까 신경을 쓴다.

산에 즐겨 가던 어느 날이었다. 그날도 그리 썩 높지 않은 인근 어느 산의 고갯길을 넘어가고 있었다. 앞서간 일행을 따라 총총히 걸음을 따라붙는데 문득 뒤통수에 닿는 강렬한 시선이 느껴졌다. 고개를 갸웃하며 가던 걸음을 멈추고서 뒤쪽을 돌아보았다. 그것이 처음엔 초점 맞지 않은 렌즈 속 피사체처럼 흐릿하게 보였다. 다시 찬찬히 눈을 맞추자 그곳엔 뜻밖에도 돋을새김의 내 키만 한 마애불이 있었다. 내 눈과 딱 마주치자 글쎄 마애불 눈은 초승달처럼 되고, 입꼬리를 씩 올리며 날 향해 활짝 웃는 게 아닌가.

돌부처의 환한 미소에 꿈에서도 기분 좋았던 기억이 생생하다. 그토록 환히 웃던 마애불 미소는 여러 달이 지난 후에도 바래지지 않았다. 떠올릴 때마다 신기하고 오묘하다. 뭔지 모를 좋은 예감이 지속되는 느낌이다. 이제 비상해 보라며 보내는 희망의 메시지가 아니었을까. 입으로 떠벌리면 행여 미소의 효과가 사라질까 말을 아낀다.

텔레비전에서 사찰 체험 관련 방송을 접하면 솔깃해져서 보게 된다. 백담사에서 친구들과 하룻밤 묵었을 때다. 달빛이 자옥이 쏟아지는 밤, 백담사 앞 계곡의 다리를 지나 산책을 나갔다 돌아오는 길이었다. 저만치 차가운 시멘트 다리 위에 절 체험 참가자들이 누워 수행 체험 중인 줄도 모르고서 조잘댔다. 지도 스님의 쉿, 하는 입 모양을 보고서야 눈앞 상황을 헤아리고는 몹시 부끄러웠다. 요즘은, 사찰에서 수행자의 일상을 체험하며 마음의 안식을 얻는 템플스테이로 관심이 쏠린다.

한동안 산을 찾지 않아서인가. 어느 날 책장을 넘기는 머릿속으로 풍경소리가 뎅그렁뎅그렁 울렸다. 하루해가 다 저문 때다. 벌떡 일어나, 해가 지기 전에 도착해야겠다며 급히 향한 곳은 금정산 자락의 범어사다. 이럴 때 해인사, 통도사와 더불어 영남 3대 사찰인 범어사가 지척에 있다는 것이 퍽 다행스럽게 여겨진다.

범어사로 향하는 계곡 길로 접어들었을 때엔 사방이 어둑해졌다. 인적도 없는 으슥한 계곡 길을 서둘러 걸었다. 그때 문득 멀리서부터 들려오는 한 소리에 걸음을 멈추었다. 가만히 귀 기울이니 저녁 예불을 알리는 범종 소리다. 소리의 파장이 계곡을 따라 긴 여음을 남기며 어둠 속으로 사라진다. 한 번 울릴 때마다 귀를 모아 소리의 끝을 따라잡는다. 마중 나온 소리를 따라 걷는 발길이 바빠진다.

드디어 일주문에 다다랐다. 중생의 세계에서 부처님 성역으로 들어서는 첫 관문이다. 고요한 경내엔 불경소리 청아하고 대웅전 앞 섬돌엔 한 켤레 고무신이 가지런하다. 스님의 예불소리에 추임새 맞추듯 풍경만 이따금 트라이앵글 소리를 낸다. 정갈한 밤의 풍경소리는 흐트러진 마음을 한데 모으는 경종 같다. 맑아져라, 맑아져라, 하고.

그 소리를 담고자 풍경에다 카메라를 들이댔더니 셔터가 묵묵부답이다. 영상을 기록하는 메모리가 빠져 있다. 정신을 가다듬지 못한 탓이다. 마음에 담아두지 않고 기록으로 담아가려 한 가벼움에 놓는 부처의 일침이다. 어처구니없는 일 앞에 순순히 아쉬움을 접는다. 이럴 땐 챙기기 못한 것을 원망할 게 아니라, 다른 깊은 뜻이 있었을 거라며 받아들이는 편이 낫다. 자신이 허점투성이란 걸 또 한 번 깨닫는다. 부족함이 많은 한 인간이 대웅전 앞 마당을 서성이다 자신을 떠받칠 당간지주를 세운다.

마애불 미소의 효력이 있는 모양이다. 막연하게 꿈꾸며 조금씩 다져온 일이 차츰 윤곽이 드러났다. 그러더니 어느 날엔가는 내 앞에 불쑥 가까워져 있었다. 뜻이 있는 곳에 길이 있다던가, 꿈은 이루어진다던가 하는 흔한 말도 믿는다. 뜻을 두고 꿈을 꾸었던 곳에는 길이 있었으므로.

요즘 또 하나의 작은 꿈이 이루어졌다. 목표를 향해 조금씩 다져온 일이었다. 그것이 다른 사람에게는 대수롭지 않은 일일 수도 있다. 하지만 내게는 더없이 통쾌했으며 또한 성취감을 안겨주었다.

이런저런 행운을 조심스레 삭인다. 그럴수록 덧나지 않게 조심하는 마음이다. 가끔 산사에 가고 싶던 것도 다 돌부처의 미소를 만나기 위함이었을까. 그 후 산에 가면 바위면을 훑어본다. 꿈이 아닌 현실 속 마애불 미소를 만나고 싶어서다.

뷰파인더로 세상보기

　뷰파인더로 세상을 들여다본다. 그곳은 삶의 단편들에 의미를 부여하고 걸러내는 예리한 통로이다. 그곳을 통해 되돌아갈 수 없는 시간이 저장된다.

　렌즈로 세상을 담는 시각에도 글을 쓰는 것과 같은 단계가 적용된다. 있는 그대로를 나열하는 기록문 형식에서, 차츰 사색을 깃들인 관조의 글을 쓰게 되는 과정과 같다. 눈앞의 실체만 담던 단순한 시각에서, 무엇을 담을까 하고 고심하는 단계로 차츰 옮아간다. 어떤 주제로 어떻게 쓸까 하고 궁리하는 글이나, 어떤 사물로 어떤 메시지를 담아낼까 하는 사진의 맥락은 크게 달라 보이지 않는다. 고뇌하고 자신을 채찍질하며 조금씩 완성도를 높여가는 과정도 비슷하다.

사진은 삶을 기록한다. 거기에는 철학이 담긴다. 기록하는 사람의 철학이다. 길가에 널브러진 쓰레기 더미에서조차 의미를 포착해내는 시선이야말로 진정한 마음의 렌즈일 것이다. 연륜이 더할수록, 좀 낡았더라도 묵은 구닥다리에 마음이 끌린다. 문학작품이든 그림이든 많은 불후의 명작이 고전에 있다. 현재를 세운 기본 뼈대는 뭐니 해도 역사 속에 있지 싶다. 사진은 기록 자체로 역사가 된다. 역사가 될 사진을 찍기 위해 늘 준비된 시선으로 대상을 바라보다 보면, 언젠가는 명작 한 편 건질지도 모르는 일이다.

내가 다녔던 초등학교와 중학교는 집에서 오 리와 십 리 거리에 있었다. 학교까지 가는 길은 산등성이를 넘고 신작로를 지나 논둑길, 시냇가를 지나야 했다. 농촌 풍경은 날마다 다른 모습으로 다가와, 말랑하고 풋풋한 사춘기의 감성에 녹아들었다.

논둑에 함초롬한 개망초나 찔레꽃, 쑥부쟁이와 여러 풀꽃들, 돌돌 흐르는 맑은 시냇물과 싱그러운 들판…… 등하굣길, 눈앞에 펼쳐진 이런 풍경에다 양 손가락으로 사각 틀을 만들면 그대로 풍경액자가 되었다. 온 산에 진달래가 붉게 타면 타는 대로, 하늘과 땅 구분 없이 함박눈이 쏟아지면 또 그대로. 요즘 사진의 매력에 은근히 빠져들면서, 자연 풍경에다 액자를 그려 넣던 사춘기적 나를 떠올린다.

구양수의 글 짓는 일에 대한 다작·다독·다상량은 사진을 찍는 일에도 들어맞는다. 많이 찍어보고 다른 사람들이 찍은 사진을 많이 접해서 나만의 사진 철학을 갖추는 일, 이는 모든 예술을 창작하는 일과 상통하는 바 있다.

필름 카메라를 쓰던 사람들은 디지털 카메라의 편리함을 예찬한다. 수없이 갈아 끼워야 했던 필름이, 메모리라는 대용량 저장 매체로 바뀌어 갈아 끼우는 수고로움을 덜었으니 그럴 만하다. 그러나 수백 장의 사진도 수용 가능한 디지털 기능이 장점만 가진 것은 아니다. 결과물을 즉석에서 확인하고 성에 차지 않으면 지울 수 있는 편리함은 있다. 반면 그만큼 셔터를 쉽게 누르게 되는 가벼움도 수반한다.

한 장면을 담는 일은 작가의 순전한 감각의 몫이다. 애써 담아온 수백 장면 중 이것이다 할 만한 결과물은 쉬 다가오지 않는다. 실망하지만 노력의 부족은 뒷전이고, 더 나은 카메라와 렌즈에 대한 눈높이만 키워간다.

심혈을 기울여 빚어낸 것이 물건이 되지 않을 때, 망치 한 방으로 깨어버리는 도공의 심정을 알 것 같다. 흙을 준비하는 수비 작업과 모양을 빚는 성형 작업을 거쳐, 건조시킨 도기를 가마에 넣은 후 세상 모든 것에 비는 심정으로 가마를 익히고 초벌과 재벌구이로 태어나는 도자기. 그렇게 혼신의 힘으로 탄생시킨 작품의 작은 티를 용납지 못하고, 단번에 내리쳐버리는 옹기장이의 정신을 본받을 만하다.

인간을 주제로 한 사진집 〈인간〉을 시리즈로 펴내고 있는 사진작가 최민식은 말한다.

리얼리즘 사진은 사진을 위한 사진이 아니라 삶을 위한 사진이다. 작가의 사상이 고스란히 담겨야 하고 사진을 보는 이는 그냥 사진을 보는 것이 아니라 그 안에 담긴 사진작가의 철학을 보는 것이다. 그래서 렌즈를 통한 세상을 보는 눈은 방관자가 아닌 현실참여자여야 한다.

결국 모든 사진의 주제는 인간 삶으로 귀결이 되어야 한다는 것이다. 내가 찍고자 하는 사진의 주제도 '삶'이다.

스냅 쇼트는 '결정적 순간'*의 기록이다. '빛과 구도와 감정이 일치된 순간'에 셔터를 누르는 일은 늘 준비되어 있음을 뜻한다. 즉 한 장면의 스냅 사진을 얻기 위해 언제 어디서든 손에는 소형 카메라가 들려 있어야 한다는 말이다. 거추장스러움에 카메라를 가져오지 않았다가, 빛이 벌이는 짧은 향연과 놓쳐버린 빛줄기가 아쉬워 동동거릴 때가 있다. 결정적 순간을 놓친 것이다.

문학에서의 '지배적 인상'을 놓친 격일까. 그런 경험은 사진에 입문한 사람이라면 한 번쯤은 겪었을 터다. 그것은 준비하는 마음 자세가 덜 된 탓이지 사라지는 빛을 탓할 일은 아니다. 확실한 것은, 찬란한 빛 내림의 순간은 카메라가 오기를 기다려주지 않는다는 것이다. 늘 준비되어 있는 사람에게만 찰나의 선물처럼 스칠 뿐.

---

* 1952년 출판된 프랑스 사진작가 카르티에 브레송의 작품집.
　그 이후 <결정적 순간>이라는 용어는 사진예술계에서 널리 사용됨.

어떤 예술 작품이 한 사람의 심금이라도 울렸다면 제 몫을 한 것이다. 심기를 움직이게 한 것은 바로 작가의 혼이다. 사진도 글도 겉으로는 서로 다른 형태를 취한다. 그러나 그 안에는 서로를 아우르는 공통된 핵심, 곧 작가의 철학이 깃든다. 이들뿐 아니라 음악이든 무용이든 창조하는 것들엔, 그것을 있게 한 이의 혼이 담긴다. 그 혼이란 작가가 나타내고자 한 메시지며 독자의 영혼을 흔드는 그 무엇일 것이다.

어떤 그릇에 어떤 혼을 담아낼까 하고 예술가들은 고뇌한다. 예술은 머리가 아닌 가슴으로 하는 것. 나는 무엇 때문에, 왜 찍으려 하는가 고심한다.

웃음꽃

사람도 꽃을 피운다. 마음과 마음 사이에 꽃가루받이 같은 교감이 일어나 피는 인정스런 꽃이다. 크고 환한 함박 꽃, 소리 없이 빙긋한 미소 꽃, 눈으로 짓는 눈웃음 꽃 등. 사람 사이 감정만큼 그 종류도 다양하다.

오래전에 나온, 덧없는 삶을 노래한 한 가수의 노래가 있다. "우리네 헛짚는 인생살이/한세상 걱정조차 없이 살면 무슨 재미/그런 게 덤이잖소. 어허허허허허."라는 웃음으로 노래가 끝난다. 가슴 저 밑바닥에 쌓인 회한을 토해내는 듯한 헛헛한 웃음소리가 메아리로 남는다. 그 가수는 웃음 섞은 색다른 이 노래로 일약 스타덤에 올랐다. 꼭 노래 속 웃음소리 때문만은 아니었겠지만, 한 드라마에 삽입되어 널리 알려졌다.

어떤 중견 여자 연기자의 웃음소리는, 듣는 이마다 웃음을 터뜨리게 하는 카타르시스적 마력을 지녔다. 속에 쌓인 앙금을 죄다 날려버릴 통쾌한 웃음이다. 내숭떨지 않고 쏟아내는 그만의 소탈함은 대중에게 친숙하게 다가서게 한 촉매제였다. 주저함 없이 한바탕 웃어젖히는 그 웃음은 자신이 개발했다는 특허품이다. 그는 연기보다 웃음으로 더 유명해졌다. 이처럼 웃음은, 모르는 사람 사이에도 서먹함을 허물어 한층 가깝게 하는 역할을 한다.

미소를 짓는 일에 인색할 까닭이 있을까. 오래전 일이다. 같은 노선버스로 출퇴근을 하다 보니 버스의 몇 기사들과 자연스레 안면을 트게 되었다. 그러나 막상 아는 체하려 하니 낯가리는 아이 마냥 주춤거려졌다. 그렇다고 모른 체하기도 불편해서 어느 날엔가는 용기를 내어 인사를 했다. 인사라고 해봐야 쑥스러운 듯 입 한쪽 꼬리를 씩 올리며 "안녕하세요?" 하는 것이 전부였다.

한데 예상치 못한 일이 일어났다. 슬쩍 미소 지으며 한 마디 인사를 했을 뿐인데, 두어 운전기사가 차비를 받지 않으려고 했다. 요금함 입구를 손으로 막기도 하고, 넣지 말라는 뜻으로 손을 가로젓기도 했다. 짧은 인사와 미소가 순식간에 벽을 허물고 버스비가 되어 준 게다. 준비했던 차비를 지갑 속에 넣으며 하루를 시작하는 기분이 싱글벙글했던 것은 말할 것도 없다. 버스회사 사장도 그 정도는 눈감아 주지 싶다.

솔개 우화가 있다. 솔개는 40년쯤 살면 발톱은 노화되고 긴 부리는 굽는다. 깃털은 무거워져 날기조차 힘들어진다. 그러나 포기하지 않고 부리로 바위를 쪼아 새 부리가 돋아나게 한다. 그 부리로 자신의 발톱과 깃털을 뽑아내는 고통을 거쳐 30년을 더 살 수 있게 된다고 한다. 나이 들수록 제자리에서 안주하지 말고 깨어 있으라는 교훈을 주는 우화다.

새치의 정도를 넘어 머리가 희끗해질수록 이런저런 일에 무디어지는 것 같다. 솔개 우화를 본 삼아 돌덩이처럼 딱딱해져 가는 감각을 깨고 싶다. 수줍음마저 생기 빠져나간 낙엽처럼 바래는 것은 안타까운 노릇이다. 부끄러워해야 할 말이나 행동 뒤에도 부끄러운 줄을 모르는 것이야말로, 정말로 부끄러운 일이 아닌가 싶다. 매의 환골탈태까지는 아니더라도, 약간의 긴장만 유지해도 푹 퍼졌다는 소리는 듣지 않을 것 같다.

성공한 사람들은 하나같이 환한 표정을 갖고 있다고 한 표정연구가는 말한다. 그것은 긍정적 사고가 밝은 표정을 만들고 자신의 삶까지 훤히 밝히게 된다는 것의 입증일 것이다. 그들 몸에 밴 호의적인 표정과 상대를 바라보는 서글서글한 눈매가 그려진다. 그 사람 안팎을 지배하는 긍정적인 에너지가 자기 최면화되어 성공으로 이어진 것이리. 그 표정연구가는, 마음이 행복하면 표정도 행복하다고 강조한다. 밝은 표정은 행복한 마음에서 우러난다는 말이다.

나는 웃을 때 호탕하게 웃는 편이다. 좀 다소곳해 보이지 않지만 터지는 웃음을 힘들여 참지 못한다. 요즘, 여자들의 웃음소리를 귀여겨듣는다. 그러다 공통된 사실을 알게 되었다. 연륜의 특

성처럼, 나이 지긋한 여자들은 하나같이 소리를 눌러 짜듯 웃더라는 것이다. '하하'하고 통통 튕기며 상큼하게 웃는 게 아니라, 마치 '햐햐'하고 악을 쓰는 소리로 들렸다. 주변에 거리낄 것 없다는 듯 웃는 그 소리가 은근히 귀에 거슬렸다. 어쩌면 나도 그 부류는 아니었을까. 좀 품위 있게 웃어야겠다고 그 웃음을 거울삼는다.

장애인과 홀로 노인 등의 보호대상자를 가까이서 대한 적이 있다. 평범함에도 훨씬 못 미치는 이들의 응달진 삶은, 평범함이란 곧 '별 탈 없음'이라는 진실을 알게 해 주었다. 그들은 따뜻한 말 한 마디에 고마워하며 아껴둔 음료수를 내어주었다. 희망이라곤 없을 것 같은 얼굴에 함박웃음이 필 때 마주보는 내 얼굴에도 함박꽃이 피었다.

이처럼 주고받는 따뜻한 눈길 속에서도 꽃은 핀다. 꽃 중에서 가장 귀한 꽃, 온정의 꽃이다. 웃음꽃이 만발하는 세상을 그린다.

하필 이 봄날

살랑대는 마음이 아지랑이처럼 들뜬다. 쑥은 뜨는 둥 마는 둥 보송한 햇살에 하롱대고 있다. 천지가 광합성으로 술렁이는 쑥밭에서다.

쑥을 넣어 만든 떡 생각이 질펀하다. 파랗게 쑥물이 밴 졸깃한 절편이, 보풀보풀 찹쌀가루와 잘 쪄진 쑥버무리가 눈앞에 어른거린다. 파블로프의 개 타액 분비 실험인 무조건 반응처럼, 쑥만 봐도 쑥떡 생각에 군침이 고인다.

떡 해 먹을 생각에 쑥을 캐는 손길이 바쁠 때다. 몇 사람의 수런거리는 소리가 행복한 머릿속 화폭을 깨트리며 개울 건너에서 들려왔다. 일하기 싫던 차 핑곗거리 생긴 사람처럼 쑥 캐던 손을 멈추고 소리 나는 쪽을 바라봤다. 어른 몇이서 개를 몰고, 내가 있는 밭둑 아래쪽 개울로 향하고 있다. 순간 오싹한 직감으로 팽팽한 긴장감이 덮친다. 예상은 빗나가지 않았다. 가까워지는 일행을 보니 개는 네 발로 걷는 게 아니었다. 사람에게 목줄이 바짝 조여져 앞 다리가 치켜 들린 채 뒷다리로 질질 끌려오고 있다. 더구나 개를 끌고 오는 남자는 보기만 해도 섬뜩한 연장을 들었다. 아무리 먹고 사는 문제라지만 생명이 왕성하게 샘솟는 봄날에 대비되는 슬픈 광경이다.

쑥밭에서, 쑥밭이 된 먹이사슬의 현장을 보고 있다. 한 손에는 먹잇감을, 다른 손에는 먹이를 요리할 도구를 든 모습이 아득한 청동기시대의 한 토막으로 보인다. 21세기 옷차림에 어울리지 않게 원시적이다. 먹고 살기 위해 벌이는 일이 생존경쟁에 휘말린 쑥밭이다.

동물의 육감인가 보다. 사색이 된 개는 소리 내어 한 번 짖지도 못한다. 나는 밭둑에 널린 탐나는 쑥도 팽개친 채 그들이 향하는 계곡으로부터 되도록 멀리 벗어났다. 곧 일어날 어떤 일에 혼비백산했다. 마치 내가 끌려가는 것처럼 오금이 저리다. 자신에게 일어나고 있는 일이 제발 봄날의 잔인한 꿈이기를, 절대 폭력을 휘두르는 인간 앞에서 무력한 개는 그 생전 가장 처절한 눈빛으로 애원했을까.

생존경쟁에서 먹이사슬을 빼놓을 수 없다. 물질과 에너지가 먹이라는 형태로, 한 생물에서 다른 생물로 전달되는 일련 과정인 먹이사슬. 화사한 날씨에 대비되어 더욱 잔인해 보이는 광경도 그 한 부분에 불과할 것이다. 자연계는 어쩔 수 없이 강자와 약자, 지배자와 피지배자의 고리로 연결되어 유지되는 것이라고 위안을 삼는 편이 나을 것 같다.

약육강식 현상은 인간세상에서도 적나라하게 일어난다. 골목 어귀를 파수꾼처럼 지키던 구멍가게가 슈퍼마켓에 먹혔다. 슈퍼마켓은 대형 할인점에 자리를 내어주고 말았다. 어릴 적에 즐겨 먹던 꼽꼽한 불량과자가 그리울 때 들르던 구멍가게. 그 구멍가게를 지나고 슈퍼마켓도 지나 대형 할인점에서 생필품을 가득 사서는 지났던 길을 다시 돌아온다. 동네 구멍가게와 슈퍼마켓을 지나칠 때 미안한 마음이 없지 않다. 유통 물량이 적어 단가가 대형 할인점에 비해 높을 수밖에 없는 동네 가게는 도태될 수밖에 없는 실정인 것 같다. 이런 유통실태 또한 먹이사슬로 설명이 되는 현실이다.

쑥은 봄이 오면 서둘러 기지개를 켜며 땅 밖으로 고개를 내민다. 그 꿋꿋한 생명력과 무한정 뿌리를 뻗어가는 근성은 질기고 질기다. 꽃샘추위가 미루적거려도 재래시장 어귀에 나온 해쑥은 움츠린 마음을 훈훈하게 녹여준다. 멸치를 푹 우린 맛국물에 된장과 들깨가루를 풀고 삼삼하게 끓인 쑥국 생각이 간절하다. 쑥국을 먹어야 봄이 온 것을 실감한다. 이런 봄맞이 나물인 쑥이, 쑥밭이 되었다는 말로 망한 쪽에 더 비유되고 있으니 쑥이 억울하겠다.

암록의 쑥색은 묵은 친구 사이처럼 눈과 마음을 편안하게 한다. 쑥을 짓찧어 즙을 내서 명주스카프에 쑥물을 들이고 싶다. 물들인 스카프를 목에 두른 동안은 목깃을 스치는 쑥 향에 행복할 것이다. 그 쌉싸래한 향은 느근느근한 속을 편안하게 가라앉혀 준다. 오랜 손때 묻은 물건처럼 안온함을 안겨준다. 쑥은 인공의 향이 따르지 못할 흙냄새를 물씬 머금었다.

계곡이 언덕에 가려 보이지 않는 곳에서 다시 쑥을 캤다. 고개를 도리질하면 할수록 떠오르는 잊고 싶은 기억처럼, 언덕 저 편에서 소리 없는 비명이 이명처럼 들려왔다. 채식주의자도 아니면서 너무 예민하지 않으냐고 나를 달랜다. 쑥을 듬뿍 뜯어 돌아오는 길에 계곡을 힐끗 돌아보니, 남자의 상의가 여태 도랑둑에 걸쳐져 있다. 못볼 것을 본 사람처럼 숨을 멈추고 그곳을 벗어났다. 거역할 수 없는 인간에게 맥 풀려 끌려오던 한 동물의 환영이 의식 속에 집요하게 따라붙었다.

씻어 놓은 쑥이 보풀보풀 살아난다. 풋풋하다. 무얼 해서 먹을까. 쑥버무리나 절편, 아니면 쑥국을 끓여 먹어도 좋겠다며 머릿속 궁리로 즐겁다. 딸아이가 절편이 먹고 싶다 하니 절편을 만들기로 맘 정한다.

떡 잘하기로 소문난 동네 방앗간에서 절편을 막 뽑아왔다. 절편에 쑥물이 진하게 배었다. 하필 화창한 봄날에 보았던 슬픈 영상이 절편 무늬에 어른거린다. 그래도 하는 수 없다. 절편 한 입 뚝 베어 물자 박하 맛처럼 쑥향이 입안 가득 고인다. 어른거리던 영상이 사라진다.

들꽃이 좋다

꽃들이 다투어 망울을 터트린다. 새하얗고 노랗고 빨간, 봄이
다. 나무에서 흰 꽃을 피우는 때죽, 조팝, 밤, 아까시나무 꽃들에
비하면 일찌감치 피는 꽃은 대체로 자그맣다. 작고 소담한 꽃들
이 총천연색으로 피어 봄맞이를 한 후, 어른 같은 오월의 큰 나무
들이 뒤따라 꽃을 피운다.

조고만 갓등처럼 조롱조롱 매달린 둥굴레 꽃. 잎과 줄기와 뿌
리가 나물이나 차와 약으로 쓰여 하나 버릴 게 없는 민들레. 뱀
이 좋아해서 붙여진 이름인가 아니면 뱀처럼 땅으로 기면서 줄
기를 뻗기 때문인가. 이름에 맞지 않게 장미과 소속인 뱀딸기도,
젖먹이 엄마의 젖꼭지처럼 오돌토돌한 열매를 봉곳 맺었다. 언
뜻 보아 뱀딸기와 줄기가 비슷하고 같은 장미과인 양지꽃도 앙

증맞은 노란 꽃을 피웠다. 그러나 지난 두어 해 꽃을 피운 흰 제비꽃이 꽃망울을 맺지 않아 실망이 크다. 개중 가장 아끼던 꽃이었다. 눈이 부시게 새하얀 꽃을 사진으로만 기억하게 된 것이 못내 아깝다.

계절별로 분류된 야생화 사전이 있다. 주변 산과 들에서 자주 보아오면서도, 이름을 몰랐던 풀이나 꽃 이름을 알고 싶을 때 펼쳐본다. 들녘이나 길가에서 허투루 보아온 잡초들에도 제각각 예쁜 이름이 있다는 게 놀랍다. 그것들을 통틀어 들풀, 들꽃이라 칭해왔으니 그들에 대한 내 무지와 무관심한 정도를 알 만하다.

잡초는 몇백 년 또는 훨씬 더 오랜 시간을 거쳐 자연 속에서 살아남은 식물이다. 많은 곤충을 통해 가루받이를 하고 씨앗을 맺고, 그 씨앗이 바람 따라 날아가 뿌리내린 존재들이다. '잡초'라 불리는 식물이 지닌 생명력의 끈질김과 종족 번식 본능을 인정해 줘야 할 것 같다. 이제부터라도 잡초라고 통칭했던 부류에서 하나씩 건져 올려 그 이름을 불러줘야겠다.

민들레꽃이 진 뒤 씨앗을 맺는 과정은 민들레의 짧고도 긴 서사시였다. 꽃이 진 자리에 왕구슬만 한 솜사탕 봉오리로 피어나는 씨앗, 가녀린 흰 갓털이 실바람에도 파르르 날려 그 앞에서는 숨 쉬는 일조차 조심스럽다. 민들레 씨앗보다 가볍고 존재감 없는 꽃씨가 또 있을까. 이른 봄에 들을 노랗게 뒤덮어 만지금滿地金이라고도 하고, 지방에 따라 씬나물·씬냉이·민달레 등으로도 불리는 민들레. 유목의 삶을 사는 민들레가 우리 집 마당에 뿌리 내린 후, 날마다 선물처럼 피어오르는 샛노란 꽃을 들여다보는 즐거움이 크다.

텔레비전을 볼 때와 화초를 바라볼 때에는 서로 다른 호르몬이 분비되는 실험결과를 본 적 있다. 화초를 보고 있을 때에는 몸에 좋은 호르몬이 분비되었다. 식물과의 싱그러운 교감은 눈으로 마시는 종합비타민이라 해도 좋을 것이다. 사람 사이에서와 같은 이해관계도 없고 감정이 얽히거나 기분 상할 일도 없다. 더구나 쏟은 정성을 저버리지 않고 꽃을 피우거나, 싱싱한 줄기로 화답해 오니 그 기쁨이 적지 않다.

중용의 진리가 꽃을 가꾸는 일에도 예외는 아니었다. 화초를 키우다 보면 무관심으로 말려 죽이기도 하고 지나친 관심 탓에 뿌리를 물려서 죽이기도 한다. 식물은 말을 못할 뿐 주인의 손길에 따라 느리게 그러나 솔직한 반응을 해 온다. 지나침은 모자라는 것만 못하다는 것을 화초를 가꾸면서 터득한다. 과함과 부족함은 무릇 꽃에만 해당되는 건 아닐 것이다. 사람 사이나 세상일에서도 정도를 벗어나서 손해를 보는 경우가 자주 생긴다.

식물을 잘 키우는 사람이 있는가 하면 그러지 못하는 사람도 있다. 같은 값이면 죽게 하는 사람보다는 싱싱하게 잘 가꾸는 사람이 속정이 있어 보여 좋다. 아이들에게 작은 풀 한 포기 돌볼 줄 아는 마음을 갖게 하는 것도 좋겠다. 씨앗을 심고 싹을 잘 거두고 키워 꽃 피우고 열매 맺기까지의 경험은, 컴퓨터 게임만 즐겨

하는 아이보다 심성이 다감한 아이로 만들어 줄 것이다.

어떤 집을 방문하면 그 집안에 있는 화분을 둘러본다. 푸르게 잘 자란 화초에서 주인의 바지런하고 정성스런 손길이 엿보인다. 그 한 가지만 보고도 주인의 성향을 대충 짐작한다. 싱싱한 화초만큼 집안도 활기차고 화기애애해 보인다.

오랜 세월 이 땅에서 살아남아 각자 걸맞은 이름을 갖게 되었을 들꽃들이다. 그들을 뭉뚱그려 들꽃이라 부르는 일은 하지 말아야겠다. 이름 모를 들꽃이라고 말하기엔 좀 부끄럽다. 소꿉친구의 정다운 얼굴 같은, 척박한 땅에 뿌리내린 것일수록 청초한 들꽃이 좋다.

자연 속에서는 사람도 들꽃이다. 저마다 뿌리내린 곳에서 각자 피고 지는 들꽃인 게다. 잘난 대로 못난 대로 고유성을 띤 빛나는 들꽃이다. 꽃 이름을 통해서 그 꽃을 떠올리듯, 친구들 이름마다 활짝 피어나는 얼굴이 있다. 이름은 단순히 그 사람만 지칭하는 것이 아니라, 그 꽃을 떠올리게 하고 그 얼굴을 연상시킨다. 뒷집 영옥이, 키 작고 통통한 옥선이, 마을 끝집 희숙이…… 그 이름에서 뽀빠이 먹고 생라면 부셔 먹던 들꽃 같은 친구들이 떠오른다.

사람도 꽃이라면 나는 어떤 꽃에 비할까. 멋 부릴 줄 모르는 내게 어떤 꽃이 어울릴까. 주근깨 송송 박힌 빨간 산나리 꽃이나 어디든 뿌리내리는 근성의 민들레도 좋다. 이름처럼 수수한 수선화도 좋겠다.

그러나 모든 꽃이 다 꽃이기 때문인가. 그 많은 꽃들을 두고 딱히 내 꽃이라 부를 만한 꽃을 정하지 못한다. 차라리 꽃 무리에 이름 하나 새로 지어 끼어드는 게 낫겠다. 나는 들꽃이 좋다.

진정한 친구

친구 K가 2차 항암치료를 마치고 중간 검사결과를 보는 날이었다. 담당 의사는 머뭇머뭇 난처한 표정을 지으며 말을 꺼내지 못했다. 그는 자신의 검사결과가 좋지 않음을 직감적으로 알아차렸다.

담당 의사는, 임상결과 효과가 있다고 알려진 전신항암화학요법이 별 효과가 없는 것 같다고 말했다. 자신들로선 더 이상 치료방법이 없으며, 현대의학의 한계라고 했다. 환자도 의사도 착잡하긴 마찬가지였다. 그는 담담하게 물었다. 지금의 진행 속도로 보아 앞으로 남은 기간이 얼마나 될까를. 의사는 4개월로 본다고 말했다.

그는 그동안 수고했다는 말로 오히려 담당 의사를 위로하고 병원 문을 나섰다. 고작 4개월. 받아들이고 싶지 않은 현실에 집으로 돌아오는 내내 눈물이 줄줄 흘렀다고 했다. 그는 현대의학이 판정한 시한부 삶에 대한 사실을, 가족친지와 지인들과 주변 사람들에게 숨김없이 이야기했다. 남의 일처럼 담담하게. 어쩌면 한 가닥의 희망이라도 붙들고 싶어서였는지도 모른다.

얘기를 듣고 난 사람들의 반응은 크게 세 가지였다. 반드시 살아날 것이라는 믿음이 확고한 사람들. 돌아서서 혼자 있는 시간에도 문득문득 그 사실에 대해 애통해하는 사람들. 그리고 안됐긴 하지만 형식적인 위로의 말을 건네고 돌아서면 까마득히 잊어버리는 사람들.

첫 번째의 희망을 갖는 부류는 가족일 것이다. 돌아서면 잊어버리는 마지막 부류는 흔히 말하는 남일 것이었다. 그는 자신을 진심으로 염려해주는 두 번째 부류의 친구들이 있어 행복하다고 느낄 때가 많았다. 죽음이 두렵지는 않지만 가능하다면 모든 수단을 강구해 보고 싶었다. 고마운 친구들과 이 세상에서 좀 더 시간을 보내고 싶었기 때문이다.

그러나 그는, 본인의 간절한 바람도 허망하게 그 짧은 시간도 못다 채우곤 성미처럼 급히 가버렸다. 찬연한 황혼의 노을을 향해 그물을 던지는 일이라던, 시를 쓰는 행복조차 영원히 접었다. 언제든지 밥 한 번 먹자던 약속은 유효하다더니 끝내 그 약속도 무효로 끝났다. 병원이 먼 도시에 있다는 이유로, 병문안 한 번 오지 않는 내가 야속했을 것이다. 나는 그래도 그가 분류한 두

번째 부류에는 들 줄 알았다. 하지만 그건 순전히 내 생각일 뿐
이었다. 내게 마음의 짐을 지워놓고 그가 떠난 후 돌이켜보니,
나는 돌아서면 까마득히 잊어버리는 세 번째 부류밖에 되지 않
았다.

병중에는 주변사람들이 하는 사소한 말에도 절망과 희망 사이
를 오갔을 것이다. 그보다는, 덜어낼 수 없는 고통으로 처절히
고독했을지도 모른다. 누군가가 생각 없이 한 한마디에 생채기를
입고 치유는 온전히 자신의 몫이지 않았을까. 나도 애끓는 눈빛
으로 바라보기만 했더라도 덜 후회스러웠겠다. 그편이 건성으로
한 위로의 말보다 더 나았을지 모른다. 그래도 치료하면 나을 거
라고, '그래도'란 말은 하지 말았어야 했다.

어머니가 퇴행성관절염 수술을 받았을 때다. 어머닌 수술 후
이틀간은 고열로, 또 이틀간은 두통에 시달렸다. 약도 소용없이
열이 내리지 않고 어머니 입안은 쩍쩍 갈라졌다. 그럼에도 병시
중 들며 할 수 있는 일이란, 고작 찬 물수건을 이마에 얹거나 몸을
닦아 체온을 내리게 하는 일뿐이었다.

어머니가 겪는 혈족의 고통만 전이되는 게 아니었다. 피 한 방
울 섞이지 않은 타인이 겪는 깊은 고통도 미치는 파장이 컸다.
그 타인이 나와 좀 더 인연이 깊은 사람일 땐 상대의 아픔이 전혀
남의 일 같지 않다. 전혀 남인 그가 위로할 수 없을 비통함에 젖어
있을 동안, 나는 멀쩡하게 잘 지내다가도 그의 고통을 떠올리면
숙연해지곤 했다.

안부를 묻고 전하는 일은 서로가 살아 있다는 신호일 것이다. 어느 수녀의 고백에서처럼, 벼르다 쓴 편지가 죽은 사람에게 배달되는 일은 없어야겠다. 그에게 좀 더 자주 안부를 전하고 물었더라면, 나도 그가 분류한 두 번째 부류에 들 수 있었을 텐데.

집안에 큰일을 겪은 후 사람과 세상을 보는 시각이 많이 변했다. 남의 사정을 좀 더 헤아려 말을 한다든가, 배려한다든가 하는 것이다. 아는 이가 힘든 일을 겪고 있으면 그 일을 얘깃거리 삼는 일은 하고 싶지 않다. 도와주지 못할 성질의 것이라면 묵묵히 지켜보는 편이 낫다. 무심코 하는 말이 상대의 아물지 않은 상처를 헤집을 수도 있으므로.

늘 내 편 같던 그가 떠난 지도 몇 해가 지났다. 서랍 정리를 하다 말고 꽃무늬 실크스카프를 만지작거린다. 유행과는 좀 떨어진 모양과 색상이지만 차마 버리지 못한다. 스카프에 담긴 그의 마음 때문이다.

삽상한 바람 때문인가. 하나하나 정리를 해야겠다고 생각하니 마음이 조급해진다던 그가 생각나는 날이다. 따뜻한 마음 전하지 못한 것이 우듬지를 서성이는 바람처럼 늘 마음에 걸려 있다. 너무 쉽게는 말고 속마음도 전하며 살아야겠다.

진정한 친구가 그립다.

오천 원

주일 미사 때다. 신부님은 탁자 위에 차곡차곡 쌓아 놓은 봉투를 신자들에게 하나씩 가져가라고 했다. 사람들은 의아한 표정으로 봉투 하나씩을 들고 자리로 돌아왔다. 열어본 봉투에는 놀랍게도 돈 오천 원이 들어 있었다. "이 돈으로 힘든 사람들에게 조그마한 도움을 줍시다."라는 메모가 적힌 종이 한 장과 함께.

그제야 돈에 대한 궁금증이 풀렸다. 신자들의 웅성거림을 지켜보던 신부님은, 그 돈을 가지고 세상에 나가서 가장 불쌍한 이웃에게 주라고 했다. 눈에 띄는 대로 금방 내어 주지 말고, 어느 정도 고민을 한 후 꼭 필요한 사람에게 주라는 말을 덧붙였다.

그렇게 해서 오천 원과 따뜻한 메시지가 담긴 봉투를 핸드백에 넣어 다니게 되었다. 놀라운 것은 그때부터 세상을 보는 눈이 달라지더라는 것이다. 오천 원을 건네 줄 대상을 찾기 위해 주변을 둘러보게 되었다. 세상을 보는 눈을 나로부터 바깥으로 옮기라는 신부님의 깊은 뜻에 고개를 끄덕였다. 대상을 찾아 고민하던 돈은 성탄카드를 가두판매하는 시각장애인에게 돌아갔다. 숙제를 끝낸 듯 홀가분해졌다.

그때 나눈 오천 원은 몇 배의 아름다운 마음으로 번져나가 사회를 훈훈하게 했을 것이다. 나눔이란 어떤 대상에게 끊임없이 관심을 기울이는 일일 터. 그 일을 계기로 외면하고 지나치던 곳을 들여다보게 되었으니, 신부님이 의도한 바가 효과를 거둔 셈이다.

베푸는 일에도 습관이 붙는다. 주위에 전염되어도 좋을 습관이다. 내 일이 아닌 일엔 지나치다 싶을 정도로 무관심한 현대인들이다. 그만큼 개개인의 감성이 메말랐다는 뜻도 될 것이다.

거리도 얼어붙은 한겨울에 길거리 모금을 했던 적이 있다. 송년이 가까워오면 여러 복지단체에서 자선의 손길을 기다린다. 직접 거리로 나서서 했던 모금은 또 다른 자선의 체험이었다. 막상 현장에 나서 보니 사람들의 무관심한 정도가 그동안 모금함을 외면했던 내 모습을 보는 듯 씁쓸했다. 서로의 처지를 바꾸어 보는 일이란 게 바로 이런 것인가 싶었다.

모금에 기꺼이 동참하는 사람은 잘 차려입은 사람이 아니라 평범한 우리 이웃들이었다. 어린아이가 넣어 주는 몇백 원, 학생들이 넣어 주는 천 원짜리 한 장이 참으로 고맙고 소중하게 여겨졌다. 고맙다는 인사가 진심에서 우러나왔다. 물방울이 모여 내가 되고 내가 모이면 강이 되는 것처럼, 모금의 참뜻은 작은 정성들이 모이는 것에 있었다.

복지관에서 봉사를 한 적이 있다. 그때 경험한 복지 관련 일은 나눔과 베풂에 대해 어렴풋이 눈 뜨게 했다. 남이 알게 모르게 자신의 것을 나누고 정을 나누는 사람들이 주변에 의외로 많다는 것도 알게 되었다. 사회복지사를 도와 일했던 경험이 봉사와 나눔의 의미를 깨우쳐 주었다. 신부님의 오천 원은 담장 너머 이웃한 삶을 돌아보게 했다.

텔레비전에서 '좋은 한국인 대상' 시상식을 볼 때였다. 어떤 시상식보다도 감동적이었던 것은, 수상자들은 아무나 할 수 없는 일을 그저 묵묵히 해 오고 있는 사람들이라는 것이었다. 그들은 버려진 아이들을 돌보거나 독거노인과 무의탁노인들에게 무료로 밥을 제공하고, 의지할 곳 없는 기초생활보호대상자들의 보호자 역할을 도맡아 했다. 소외되고 그늘진 곳에서 한 가닥 빛이 되고 희망을 주는 사람들이었다. 어떻게 사는 것이 참된 가를 아는, 자신을 태워 세상을 밝히는 촛불이었다.

베풀 여유를 갖는 것도 복일 것이다. 베푸는 습관은 타고난 성품처럼 원초적으로 몸에 배게 할 성질이 아닌가 싶다. 아이들에게 내 것을 움켜쥐는 본만 보일 게 아니라, 나눔의 본보기가 되는 건 어떨까. 경제적 선진국 못지않게 베푸는 정신이 몸에 밴, 의식의 선진국이기를 기대한다.

이후 핸드백 속엔 늘 오천 원이 든 봉투가 들어 있다.

멋진 그

넝쿨장미가 음전하게 담을 넘어온 집, 탐스런 대추알이 가지 휘도록 총총 열린 집, 길가 창문 밑 한 뼘 화단에 분꽃이 창창 피어 흐드러진 집, 진홍빛 능소화가 담 너머로 치렁치렁 뻗쳐 길 가는 사람들 가슴을 설레게 하는 집.

메뉴에 어울리지 않게 붉은 패랭이꽃이 무더기로 피는, 그 꽃빛이 너무 고와 하루는 한 뿌리를 슬쩍 캐오고 만 패랭이꽃 핀 삼계탕 집.

날마다 지나는 길에 눈 맞추는 것들이다. 그 안엔 늘 같은 시간, 비슷한 장소에서 마주치는 사람도 있다. 시간대도 대체적으로 시계처럼 정확하다. 내가 명명한 '멋진 그'도 어느 겨울 내 산책길로 들어왔다.

"손짓으로 말해 주세요." 이전엔 없었던 문구다. 기름 없는 호떡, 와플파이, 국화빵 등의 메뉴 위에 커다랗게 써 붙여져 있다. 잠시 못 본 사이 그의 가게 인테리어에 작은 변화가 있었다. 메뉴는 여전하다.

그의 가게는 픽업트럭이다. 한 지하철역 출구를 나오면 따끈한 구들막처럼 발길을 이끄는 자동차 가게가 있다. 저녁 무렵 허기가 도는 시간, 빵 틀에서 막 꺼내놓는 꼬마국화빵에 군침이 눈치도 없이 고인다. 빵 틀 가장자리로 나란히 줄 세워 놓은 빵으로 자꾸 눈길이 간다. 그가 만드는 국화빵은 소국 같다. 노릇하게 굽혀 나오는 따끈한 소국이 오가는 이의 고픈 배를 뒤적인다. 한 입에 넣으면 딱 알맞을 크기이다.

약속시간을 기다리며 그를 지켜본다. 내가 선호하는 스타일의 짧은 머리에 깔끔한 차림새, 깨끗하게 정돈된 가게 내부, 부지런한 몸놀림을 구경한다. 그는 몰래 지켜보는 사람이 있는지도 모르고 손님맞이에 열심이다. 어쩌다가 나와 눈길이 마주치면, 나는 안 본 척 시치밀 떼고 그는 지나가는 사람이려니 여기면 그만이다. 기다리는 시간에 그를 지켜보는 일은 흥미롭다. 무엇을 의식하지 않고 일하는 모습에서 그의 성실한 삶의 자세를 엿본다.

텔레비전 프로 중 '인간극장'을 즐겨본다. 방송 시작을 알리는 시그널뮤직에서부터 이미 사연이 질펀히 묻어난다. 사람 사는 모습은 각양각색이지만, 특별한 사람들 이야기가 아닌 내 이웃의 이야기라 공감하는 프로다. 멋진 그를 지켜보면 눈앞에서 생생한 인간극장을 보는 기분이다. 귀에 익은 시그널 음악만 흐르면 되겠다.

그를 다시 보게 된 계기가 있다. 겨울 어느 날이었다. 너무 추워 빵 틀의 열기라도 좀 쬐어볼까 하고 가게 주변을 얼쩡거렸다. 그는 내가 지나는 행인쯤으로 보이는지 관심도 두지 않았다. 행인들 또한 그의 좀 색다른 행동에도 신경 쓰지 않았다. 그때 그는 허리를 구부정하게 굽힌 불편한 자세로 앞 어디엔가 시선을 고정시켰다. 잠시 옷매무새를 가다듬더니 곧 수화 동작이 시작되었다. 물론 앞에는 아무도 없었다.

도대체 무슨 행동일까 하고 그의 앞을 기웃거려 보았다. 그가 바라보는 곳에는 휴대폰 폴더가 열린 채 물건에 기대어 있었다. 전화기 속에는 한 여자의 모습이 어른거렸다. 그는 화상통화를 하고 있었던 게다. 그 일이 있은 후 그는 내게 멋진 아저씨로 명명되었다. 물론, 나도 아직 시도해 보지 못한 화상통화를 하더라는 이유 하나로 붙여진 이름이다. 그는 모르는, 나만 아는 사실이다.

나는 붕어빵을 아주 정말 좋아한다. 한때는 빵 틀을 사다가 집에서 붕어빵을 구워먹을까 하는 생각까지 했을 정도다. 붕어빵의 팥이 없는 꼬리 부분부터 떼어 먹는, 졸깃하고 고소한 맛을 대체해 줄 간식거리를 아직 만나지 못했다. 요즘은 퓨전 붕어빵도 등장했다. 속에 넣는 재료도 팥만 쓰는 게 아니라 슈크림, 만두소 등 다양해졌다. 그러나 먹어 보니 역시, 오랫동안 먹어 온 팥소가 입맛에 잘 맞았다.

찬바람이 불면 멋진 그의 손놀림도 바빠지겠다. 빵 틀 가장자리로, 구운 빵을 둥글게 줄 세워 놓고 손님들의 손짓을 기다릴 게다. "손짓으로 말해 주세요."라는 안내문이 붙은 가게는, 알고 보니 그와 비슷한 처지의 청각 장애를 가진 사람들의 생계수단이었다.

하루를 마감하고 시작하는 길에서 여러 꿈을 만난다. 평범한 산책로에서 만나는 소소한 감동들이다. 내게 다가온 모든 것들에 행운을 빈다. 또한 '멋진 그'의 꿈도 이루어지기를.

마지막이듯

외출하기 전 집에다 눈인사를 건넨다. 그동안 잘 있으라는 인사다. 새로 생긴 버릇이다. 흐트러진 가족들의 신발을 가지런히 한 후 문을 나선다.

나는 업무적인 일과는 달리 집안일엔 그다지 꼼꼼하지 못하다. 평소 정리정돈을 잘하는 편도 아니다. 서랍 속이나 화장대도 대충대충 정리한다. 며칠 지나지 않아 헝클어지고 또 정리를 해야 할 것을, 뭣 하러 날이면 날마다 치우고 쓸고 닦기를 반복하는가 하는 엉터리 논리에서다. 그보다는 너무 잦은 정리로 인해 오히려 후회를 했던 경험이 많아서일지도 모른다. 옷이나 물건을 버리고 나서 아까워한 적이 많기 때문이기도 하다.

날마다 해야 하는 설거지도 귀찮기는 마찬가지다. 밥 먹은 그릇 한두 개쯤은 늘 개수대에 담겨 있다. 해도 해도 끝이 없는 게 매끼마다 하는 설거지라면, 바삐 돌아가는 생활만큼 흐트러지는 곳이 서랍 속이다. 다른 사람이 내 서랍을 열었을 때, 가지런히 정돈되어 있거나 그렇지 않을 때의 느낌을 생각하게 된다. 늘 그런 것들을 염두에 두고 정리를 하지만 마음이 내킬 때뿐이다. 서랍 속은 머지않아 어수선해지고 만다.

벌건 대낮, 동네 앞 찻길에서 무단횡단을 하다 범칙금 고지서를 발부받은 적이 있다. 양쪽 건널목까지의 거리가 반반인 어정쩡한 지점에 있을 때 그만 교통 신호가 바뀌었다. 어느 쪽으로든 건너지 못할 거리였다. 몇 분만 기다리면 되는 일이었다. 체통도 팽개치고 건널 기회만 엿보는데 마침 경찰차가 지나갔다. 이때다 싶어 여유롭게 왕복 4차선 도로를 횡단하고는 룰루랄라 집으로 향하던 중이었다. 입꼬리를 씩 올리며 속으로 외친 쾌재도 잠시였다. 도둑이 제 발이 저렸던 탓일까. 등 뒤에서 꼭 나를 부르는 듯한 남자의 목소리가 들렸다.

설마 나를 불렀으랴 싶었다. 그렇게 여기고 싶었을 것이다. 조마한 예감으로 뒤를 돌아보니 경찰의 시선은 나를 향하고 있었다. 순찰차 뒷거울로 내 일거일동을 지켜보며 얼마나 고소해 했을까. 파출소 앞에서 눈 가리고 아웅 한 격이나 다름없었다. 경찰관은 표정 없는 사무적인 얼굴과 말투로, 무단횡단 같은 위험한 일을 했다고 나를 나무랐다. 입안으로 웅얼거리는 내 변명 따윈 소용없다는 투였다. 내 말은 들은 체도 하지 않고 익숙한 동작으로 범칙금 고지서를 작성하기 시작했다.

하필이면 동네 앞 건널목에서였다. 나는 졸지에 구경거리가 되었다. 벌 받는 아이처럼 몸 둘 바를 모르다가도, 사람들이 힐끗거리면 태연한 척 표정관리를 했다. 눈을 내리깔고는 이만 원이라고 작성 중인 애꿎은 고지서만 흘겨보았다.

생각해 보면 생돈이 나가는 것만 아까워할 일은 아니었다. 범칙금은 법을 어긴 것에 대한 합법적인 벌이었다. 나를 지키기 위해 건너지 말았어야 한다는 생각을 전혀 하지 않은 건 아니었다. 몇 걸음만 더 걸었더라도 그 같은 유쾌하지 않은 일은 일어나지 않았을 게다.

말이나 행동 또는 사람과의 관계에서도 늘 마지막인 것처럼 한다면, 시행착오의 횟수를 줄이게 되지 싶다. 그것이 마음먹은 것처럼 실행에 잘 옮겨지지 않는 게 문제이긴 하다. 외출하기 전 집안을 둘러보며 창문 단속과 전기제품의 전원을 확인하는 것도, 실수를 하지 않기 위한 단속이다.

어디 여행이라도 떠날라치면 누웠다가도 벌떡 일어나서 주변을 정돈한다. 서랍을 정리하고, 옷걸이에 삐뚤삐뚤 걸린 옷도 매무새를 바로잡는다. 여행이란 자신을 담담하게 돌아보기 위해 잠시 나를 떠나는 일이다. 무사 귀환을 바라며 주변 것들에 잠시 안녕을 고한다.

어느 날엔가는 해묵은 메모 같은 사진들을 정리해야겠다는 생각이 들었다. 신변 정리 차원이었다. 역시, 표지가 너덜거리는 앨

범을 꺼내어 보니 없어도 될 사진이 너무 많았다. 과연 이것들이 나 아닌 다른 사람에게 의미가 있을까 싶어졌다. 사진은 시간이란 틀에 갇힌 존재다. 무엇보다 세월 따라 확연히 변해가는 사진 속 내 모습이 달갑지 않아서일지도 모르겠다. 어쨌든 내 역사는 지금껏 가두어 둔 것만으로도 충분해 보였다.

한때 집안이 좁다는 이유로 걸핏하면 옷장을 정리했다. 버린 후 지금까지도 아까워하는 옷이 몇 벌 있다. 유행은 돌고 돈다는데 설령 입지 않더라도 그냥 두었으면 좋았을 것을, 괜히 버렸다는 생각을 지울 수가 없다. 정리를 지나치게 잘한 탓이다.

옷뿐이 아니다. 이런 저런 물건을 버리고 나서 아쉬워한 적이 많다. 한 박스 모아 둔 아이들의 어릴 적 일기를 버린 일은 되돌릴 수 없는 실수였다. 아직까지도 딸로부터 원망을 듣는다. 그 일은, 잠시도 가만있지 못하고 정리를 해대던 성격 탓이라며 주변 정리하는 일을 자제하게 한다. 난 여전히 시행착오 중이다.

오늘도 현관문을 나서며 속 인사를 한다. 잘 다녀올게, 라고. 잘 다녀오게 해 달라는 삶에의 부탁이다.

병풍 前 | 왜 나냐고 | 기차가 지날 때
생긴 대로 산다는 것 | 별 | 나의 '매디슨 카운티의 다리'
추락할 때의 간절함으로 | 틈 | 반란 | 가을 탓

병풍 前

널 보고 있으면 들뜸도 화남도 잦아든다. 떨어져 있던 긴 시간들이 어제 일처럼 떠오르고, 그 시간에 담긴 숱한 기억들이 몽글몽글 솟아오른다. 큰아이가 서른 살이니 너는 꼭 그 시간만큼 친정 장롱 위에 묵고 있었던 게지.

만나지 못해 안타까웠던 그간의 마음을 풀려는 사람처럼 너를 어루만진다. 네 전통도자기 문양은 늘 보아도 은은하니 묵은 정이 배어난다. 고등학교 3학년 가정시간 때, 둥근 수틀에다 밑그림천을 끼워 불란서 자수로 한 땀 한 땀 너를 수놓았지. 마음을 가다듬는 데 그만한 일이 있을까. 두 갈래로 머리를 묶은 청초한 자태로 차분히 신부수업을 했던 게야.

그렇게 정 듬뿍 들인 너를 친정에 둔 채 시집을 왔다. 그 사실을 본의 아니게 잠시 잊은 적도 있다. 사는 일에 치여서, 또 정말로 생각할 겨를이 없어서이기도 했다. 그러나 친정 부모에게 맡겨놓은 피붙이처럼 애처롭게 떠오르는 너를 잊을 리 없었다.

묵은 장롱과 낮은 천장 틈, 침침하고 답답한 곳에서 널 찾지 않는 주인을 얼마나 기다렸을까. 전셋집이라는 이유로, 집이 비좁다는 핑계로 차일피일 미뤄오기를 서른 해였다. 담장 아래는 온갖 꽃이 만발하는 꽃밭이고, 그 한쪽으로 장독대가 아담하게 자리 잡은 정갈한 한옥을 꿈꾸었다. 그런 집에 햇살 따스하게 들이치는 작은 내 방을 갖게 되면, 가장 먼저 널 데려와 곁에 두고 보리라 했었다.

얼마 전, 꿈꾸던 집은 아니었지만 이사를 했다. 동남향인 새 집엔 아침이면 환한 햇살이 창 가득 들어오지. 창틀 아래 옹기종기 놓아 둔 난도 생기를 가득 머금어 어서 꽃이 피기를 고대하게 해. 이사 후 집안 정리가 대충 되자 널 데려와야겠단 마음이 바빠졌다. 돌이켜보면 나도 참 무심했어. 믿고 든든하게 맡겨놓았던 것도 부모님이 계셨기에 가능한 일이었지.

그런데 막상 널 데려오려 하자, 승용차에 싣기도 애매하고 연로한 부모께 포장해서 부쳐달라고 하는 일도 마뜩찮았다. 어느 날 작정하고 친정에 갔지. 먼저 장롱 위에서 너를 내려놓아야 했다. 삐걱대는 의자 위에 올라서서 장롱과 천장 사이에 꽉 낀 너를 내리는 일이 쉽지 않았다. 떨어져 있던 팍팍한 시간들이, 그리 쉬 놓아줄 줄 알았냐며 애를 태웠다. 그래도 좋았다. 내 곁으로 데려가기 위해 너를 내리는 순간이 감격스러웠으니까.

너와 함께 한 시절을 보낸 언니는 이 세상에 없다. 어머니는 너를 볼 때마다 손에 물도 대지 않는 곳으로 시집가기를 바랐던 두 딸을 떠올리셨을 게다. 하지만 그 바람은 딸을 둔 세상 모든 어머니들의 소망인 것처럼, 우리 어머니의 간절한 바람일 뿐이었지.

행여 부서질까 이리저리 밀어보고 당겨보며 너와 실랑이를 벌였다. 그러나 그간 네 섭섭했던 마음은 토라져 꿈쩍도 하지 않았다. 아니면 정든 친정을 떠나기 싫어서였을까. 천장이 낮고 울퉁불퉁한 것이 원인이었다. 행여 네가 다칠까 조마조마 어르고 달랜 끝에 너를 겨우 방바닥으로 내려놓을 수 있었다.

운송 중에 너를 다치지 않게 하려면 포장에 신경을 써야 했다. 두꺼운 박스종이로 일차 포장한 후 야외용 돗자리로 완충 역할을 하게 했다. 모서리는 찍히지 않게 더욱 신경 써야 했다. 택배로 부치자니 안심이 되지 않아 겉면에다 "파손주의"라고 빨간 글씨를 적는 것도 잊지 않았다.

그런데 어머니가 당신 딸을 보듯 애지중지 아끼던 네가, 당신도 모르는 새 이웃 잔치에 들려갔던 모양이다. 좋은 일에 쓰였으면 좋기는 하련만, 쓰이고 난 후 아무도 챙기지 않아 어느 집 외양간 앞에 뒹굴고 있던 것을 발견하고는 깜짝 놀라 챙겨 오셨다더구나. 여덟 폭 중 한 자락엔 이미 찢긴 상처까지 나 있었단다. 어머닌 지금도 당시 일을 회상하면 목소리를 높이셔. 그 귀한 것이 어떻게 해서 남의 잔치에 불려갔는지 모르겠다시며.

병풍이 택배로 친정을 떠난 뒤 아버지에게서 전화가 왔다. 딸에게 잘 도착했는지가 무척 궁금하셨겠지. 병풍을 떠나보내고서 이제 정말로 딸을 보냈다는 섭섭함과, 늦게나마 제 갈 곳으로 간 것에 대해 뭉클한 심정이었지 싶다.

널 보니 머릿속으로 만감이 흐른다. 교복 단정히 입고 대갓집 아씨처럼 아리땁게 수놓던 때가 눈앞에 아른거리고, 그 시절 친구들도 그리워진다. 꽃 그림을 마다하고 고상한 도자기 문양을 택했었지. 참 귀한 너다. 내 눈에 띄는 곳에만 두었더라도 이리 오래 너를 방치하지는 않았을 텐데. 굳이 변명을 하자면, 이삿짐 따라 이리저리 굴러다니며 천대받느니 친정에 그대로 두는 게 나을 것 같아서였다.

오랜만이다. 너를 안방에 펼쳐두고 오며가며 쓰다듬고 회포를 푼다. 이제라도 내 곁에 돌아왔으니, 그간의 못다 나눈 정을 두고두고 풀어 보자며 묵묵히 견딘 너를 달랜다. 이런 마음을 아는지 너도 내 방에서 편안해 보인다.

가로와 세로 또는 사선으로, 촘촘하거나 성기게 수천 번은 했음직한 바늘땀이 살아 꿈틀댄다. 내 마음에 꽃으로 피어나는 그들이 내게 속삭인다. '괜찮아, 괜찮아.'라고.

참 잘 왔다.

왜 나냐고

왜 나여야만 하는가 모르겠다. 길을 가는 하고 많은 사람 중에 하필이면 내가, 유쾌하지 않은 일로 누군가에게 선택이 되는 이유가 도대체 뭘까. 대놓고 돈을 달라고 해도 면박을 받지 않을 것 같은 인상 때문인가.

그뿐이 아니다. 기氣에 관심 있냐고, 없다고, 그래도 따라오면서까지 인상이 어쩌고저쩌고 할 때는 정말 화가 난다. 도대체 난 왜 눈 빤히 뜨고 있는데도 코 베어 가는 사람들의 표적이 될까. 길 가는 사람을 제 맘대로 불러세워 놓고는, 몇 마디 말로 지갑을 열게 만드는 일은 고도의 상술이었다. 생판 알지도 못하는 사람에게서 아무런 대가성 없는 돈을 뜯어내는 기술에 기가 막힌다.

그들이 정말로 차비가 떨어졌거나 지갑을 잃어버려서일 거라고는 생각지 않기로 했다. 이런 결심은 몇 번이나 생돈을 뜯긴 후 다잡은 마음이다. 철면피 같은 그들의 행동에 다짜고짜 종지부를 찍기로 했다. 처녀 적 시외버스 정류장에서 맨 처음 넘겨주었던 500원으로부터 최근 15,000원까지 계속된, 그들의 뻔뻔함에 제동을 걸기로 했다. 정신만 똑바로 차리고 있으면 코 베어 가진 못할 테지. 나도 거절할 수 있다는 것을 확실히 보여주겠다며 별렀다.

어느 저녁, 집으로 가는 길이었다. 저녁이 깊어가는 때라 가로 등이 켜진 골목엔 발길이 뜸했다. 그 점이 나를 먹잇감으로 택하기에 한 몫 했는지도 모르겠다. 빨리 집에 가서 쉬고 싶은 마음에 걸음을 재촉할 때였다. 뒤에서 누군가가 급히 뛰어오면서 나를 불러 세웠다. 다, 준비된 그의 행동이었다. 희미한 가로등 불빛에 비친 남자는, 20대 후반이나 30대 초반쯤으로 보이는 왜소한 몸집의 남자였다. 돌아서서 왜 그러냐는 의아한 시선으로 그의 답을 기다렸다. "저, 집이 ○○○인데 부산에 출장을 왔다가 좀 전에 지갑을 어쩌고저쩌고……."

남자 입에서 술술 쏟아지는 말은 모두 그의 각본에 있었을 것이다. 들으나 마나 한 술책에 넘어가서는 안 되는 일이었다. 그런데 이 무슨 양면의 얼굴인지, 속임수일 뿐이라는 생각과 정말로 그랬을지도 모른다는 생각이 재빠른 저울질을 하고 있었다. 결국 승리의 여신은 그의 손을 번쩍 들어주었다. 시골 보건소의 의료진이니 확인전화를 해 보라고 집 전화번호까지 적어 주는 자상함(?)에 그만 넘어간 것이었다. 나는 또 한 번 속는 셈 치자며 입금

해 줄 내 계좌 번호까지 알뜰히 적어 주었다. 그것으로도 부족해 덤으로 만 원을 얹어 주고서야 그와 헤어졌다.

속은 셈 치자고 맘먹었으면 그것으로 미련을 버릴 일이었다. 잠깐 천사가 되어 보너스까지 주었으면 그것으로 깔끔하게 잊었어야 했다. 그런데 집에 오자마자 그가 적어 준 전화번호는 왜 눌러 보았는지 모르겠다.

"지금 거신 전화는 다이얼이 늦었거나 없는 번호이니……."라는 전화기 속 안내원의 친절한 멘트에 억장이 무너지는 소리가 들렸다. 배신감이, 땅이 꺼지는 절망을 줄 수도 있다는 것을 그때에 알았다. 내가 자책하며 한숨을 쉬는 동안 누구는 또 한 번의 멋진 성공에 자축하고 있을지도 몰랐다. 그는, 적지 않은 돈을 챙기고 돌아서며 "야호."라고 외쳤을까. 도깨비에 홀리지 않고서야 그리 쉽사리 지갑을 열 수는 없는 일이었다.

혹시나 하는 한 가닥 미심쩍음이 역시나 들어맞을 때의 실망은 컸다. 나 자신에 대한 실망감이었다. 그 일이 한동안 나를 괴롭혔다. 자신이 너무 한심해 보여 그 사실을 가족에게조차 말하기 싫었다. 극도의 배신감에 젖게 되면 없었던 일처럼 여기고 싶어지는 걸까. 아니면 지우고 싶은 기억만 사라지도록 자신에게 최면을 거는 걸까. 그 일 이후 두 번 다시 그런 수작에 넘어가는가 보라며 긴장을 풀지 않았다.

그러던 어느 날 백화점에서였다. 쇼핑객들 틈에서 모처럼 느긋하게 눈 쇼핑을 즐기던 중이었다. 어쩌다 멀찌감치 떨어진 한 젊은 남자와 눈이 잠깐 마주쳤다. 그 남자가 먼저 나를 지켜보고 있었다는 느낌이 들었다. 그 순간 뭔가 찌르르한 기분 나쁜 감이 왔다. 살아온 모양이 얼굴에 기로 흐르는 건가. 나는 오래 해 온 훈련처럼 머리끝부터 발끝까지 단숨에 무장을 했다. 바늘로 찔러도 피 한 방울 나는가 보라며, 무엇으로 건드려도 깨지지 않을 갑각류의 피부처럼 맘을 다잡았다. 백화점의 숱한 먹잇감 중에서 하필 내가 선택되다니 말도 안 되는 거였다.

느낌은 빗나가지 않았다. 젠장, 그 남자는 수많은 여자들을 헤치고 내게 다가왔다.

"저, 차비가……."

사기꾼 같으니라고. 이건 백이십 퍼센트의 감感이야. 이런 일에 대비해 가상훈련을 해 온 머릿속에서 외쳤다. 정말 별꼴이다. 내쳐야 할 첫 상대였다. 빤한 남자의 말이 두 마디도 이어지기 전에 잔뜩 경멸하는 눈빛으로 남자를 째려보았다. 썩 물러가지 못할까 하고.

대성공이었다. 나라고 못할 것 같냐며 쾌감에 젖었다. 그랬는데 이 몹쓸 양심은, 남자의 말이 혹시나 사실일지도 모른다며 실바람에도 나부끼는 갈대처럼 살랑 흔들렸다. 남자가 나를 지켜볼 것만 같아 콩닥대는 가슴으로 그가 있는 쪽을 슬쩍 돌아보았다. 다행히 남자는 인파 속으로 사라지고 없다. 어디쯤에서 또 나 같은 허술한 사람 하나 낚고 있을 테지.

그제야 첫 성공을 자축하는 은밀한 미소가 흘렀다. 세상엔 어디 머피의 법칙만 있다던가. 샐리의 법칙도 있다. 글쎄, 왜 하필 나냐고.

기차가 지날 때

강의실 창 밖 저 멀리로 낙동강이 그림처럼 흐른다. 석양빛을 받은 강은 흐르는 게 아니라 뿌옇게 드러누워 있다.

시선을 가까이로 당기면, 경부선 철로와 자동차로가 도시를 끼고 멀리 뻗어 있다. 그 길로 자동차가 쉴 새 없이 질주하고 기차도 종종 나타나 동행한다.

벼르다 시작한 공부였다. 문학에의 고갈된 그 무엇이 국문학에 대한 욕구와 갈증을 부추겼다. 역사 속 문학과 그 시대적 배경과 작가의 사상을 접하며, 내가 정말로 먹고 싶었던 음식을 먹는 듯 뿌듯했다. 흐트러지려는 정신을 테스트하는 것처럼 고속철도가 지나고, 벽 속에 갇힌 가슴에도 덜컹대며 기차가 지났다. 기차 소리에 강의 소리가 묻히면 교수도 강의를 멈추고, 학생들은 이때다 하고 창밖으로 넌지시 눈길을 돌린다.

늘 가슴 설레게 하는 기차란 세월이 흘러도 색 바래지 않는 첫 사랑 같다. 더군다나 강의실에서 듣는 밤기차 소리는 여행의 유혹으로 다가왔다가, 때로 시베리아를 횡단하는 기차처럼 먼 나라의 소리로도 들렸다. 먼 지평선 끝, 한 소실점으로 사라지는 무한한 연장선에의 아릿한 동경은 그냥 꿈일 뿐이었다.

붉은 색 무궁화, 청록의 새마을, 푸른 색 KTX, 호기심 많은 아이처럼 멀리로 기차 색깔만 보고도 그 종류를 알아맞혔다. 승객 부류도 각 기차에 따라 다를까. 오리 부리처럼 머리를 날름 내어 민 고속철도에는 그에 걸맞은 사람들이 탈 것 같고, 느긋한 속도의 무궁화호에는 서민들이 탈 것 같다.

오리 부리가 제 꽁무니에서 역주행하는 모습은 볼 때마다 우스꽝스럽다. 그 안에 탄 사람의 반은 순방향, 반은 역방향으로 앉아 서로 다른 풍경을 보고 있을 것이었다. 살아가며 뒤로 갈 있이 있다면 기차의 역방향 좌석에 앉았을 때일 것이다.

서울에 갔다 오는 길이었다. 어쩌다 역방향으로 앉게 되었다. 차창 밖 세상이 뒤쪽에서 휙휙 스쳐 지나는 것이 닥쳐올 세상을 가늠할 수 없었다. 그 느낌은 좌석방향만 반대였음에도 순방향과는 전혀 색다른 것이었다. 순방향 때는 다가오는 풍경을 미리 내다볼 수 있었지만, 역방향에서는 도무지 감을 잡을 수 없었다. 한 치 앞을 내다볼 수 없는 삶 같았다.

뒤로 가는 기차라도 좋았다. 천 리 길도 세 시간이면 족히 나를 내 집에다 데려다 줄 것이기 때문이었다. 대전을 지날 즈음엔 제법 이슥해져 차창엔 푸석한 내 얼굴이 또렷이 비쳤다. 세상에 어둠이 깔리자 역방향도 순방향도 별 차별 없이 공평해졌다. 어둠이 세상과 사람마음까지 평정해 버렸다. 창밖엔 가로등 불빛과 도로변 간판만 이따금 지나칠 뿐, 어둠에 볼거리를 빼앗긴 사람들은 달리는 기차 좌석 깊숙이 몸을 맡긴 채 잠에 빠져들었다.

초등학교 수학여행 때 기차를 처음 타 보았다. 시골을 벗어난 적 없는 아이들이, 칙칙폭폭 증기를 뿜으며 기적을 울리는 기차를 탔으니 얼마나 가슴이 뛰었을까. 말로만 듣던 깜깜한 터널 속을 지날 땐 무슨 일이 날까 숨을 죽였다. 그때 두 시간여 걸렸던 대구와 부산 구간이 고속철도 덕분에 한 시간이면 닿는 거리가 되었다.

부산역은 경부선 하행선의 종착역이다. 종착역은, 언제나 반겨주는 이 있는 고향에 돌아온 기분이 들게 한다. 먼 여행이 막을 내리고 각자 생활 속으로 돌아가는 시발점이기도 하다. 그곳으로 막 들어서는 기차는 서서히 속력을 줄이고, 덜컹대는 소리도 고향에 다 온 듯 느긋해진다.

잠시 쉬는 시간이면 낙동강의 타는 일몰을 향해 선다. 주변을 둘러보면 꼭 나 같은 사람들이 커피 한 잔씩을 들고 그렇게들 서 있다. 가지 못해 답답한 마음은 은하철도를 타고 훨훨 여행을 떠나고 있을지도 모른다. 학교 담장 너머 기찻길, 자동찻길, 그 너머 비닐하우스 대단지가 끝나는 지점에 낙동강이 흐른다. 그 곳까지의 거리를 어림짐작으로 재어보며 먼 강변을 그리워한다.

용무로건 여행으로건 가끔 경부선이나 동해남부선 기차를 탔다. 주로 경주 남산에 가기 위해 탔던 동해남부선은, 그림 속 풍경처럼 펼쳐진 에메랄드빛 바다를 창 밑으로 끼고 달린다. 그 시발역이자 종착역인 부전역은, 부산역과는 좀 다른 간이역 분위기를 지녔다. 부산역이 대도시 중산층의 보무도 당당한 양옥이라면, 부전역은 아기자기한 소도시 주택처럼 소박한 분위기다.

불쑥 떠나라고 부추기는 기차는 여행의 바람잡이다. 기차 탄지 얼마나 되었다고 또 역전을 기웃거린다.

생긴 대로 산다는 것

뜻밖에 피부과에 가게 됐다. 눈 아래쪽으로 은하수처럼 드리운 주근깨를 없애야겠다는 갑작스런 결단을 내린 때문이다.

자기 관리란 말 속엔 적당히 잘 빠진 몸매 유지와 말간 피부까지도 포함될 것이다. 요즘은 취업을 앞둔 남자들이 피부과나 성형외과에 가는 일도 흔하다고 한다. 바늘구멍 같은 취업의 문을 통과하기 위한 최선의 노력일 것이다. 외모 지상주의로 흘러가는 시대에 여자라면 더더구나 미용에 신경 쓰지 않을 수 없다.

하얀 피부를 동경하거나 타고난 까무잡잡한 피부를 원망한 적은 없다. 다만 고된 삶의 후유증 같은 잡티가 싫어서다. 잡티가 잡초처럼 제멋대로 세를 키운 건 이제껏 외모를 관리하지 않고 내버려둔 탓이 크다.

새댁 때 임신한 몸으로 거리를 지날 때였다. 신혼의 단꿈처럼 화사한 볼과 해맑간 얼굴이 유리가게 거울 속에 비쳤다. 한 집에 세들어 살던 나이 든 새댁은 잡티 하나 없이 깨끗한 내 얼굴을 보고 부러워했다. 그런데 어느 날 보니 해맑았던 얼굴에 칙칙한 잡티들이 군락을 이뤄 눌러앉아 있지 않은가.

버거운 삶의 반향이었는지 모른다. 그것들이 불만이란 앙금으로 몸속에 도사리고 있다가 차츰 불거진 것일 게다. 얼굴은 자신이 걸어온 흔적인 것, 누구를 원망할 것도 없다. 진즉 자외선 차단제라도 발라 주근깨가 피부 깊숙이 뿌리내릴 기회를 주지 말았어야 했다.

주근깨는 모래밭에 흘려 놓은 검정깨처럼 봄볕 아래에서 도드라졌다. 한 번 신경 쓰기 시작하면 쉬 벗어날 수 없이 옭매는 법이다. 제 세상을 만난 주근깨 때문에 사람을 마주 대할 수조차 없었다. 내 콧잔등의 주근깨가 귀엽다던 친구의 말도 다 옛말이었다. 외모로 인해 대인관계를 기피하는 사람들의 사정을 헤아릴 수 있을 것 같았다.

성격상 무슨 일을 하려고 작정하면 미루지 않는다. 고민은 깊게 하되 결정은 되도록 빨리 내리는 편이다. 한 가지 일에 오랜 지배를 받고 싶지 않아서다. 피부과에 갔던 일만 해도 그랬다. 그날도 환한 봄 햇살 아래에서 거울 속 얼굴을 찬찬히 뜯어보고 있었다. 밝은 햇살은 얼굴의 숨은 점까지 샅샅이 끄집어냈다. 요리조리 훑어보니 양쪽 눈 아래가 마치 주근깨 집성촌 같았다. 화사한 날씨만큼 도드라지는 그놈들을 보고 있자니 울컥 화가 치밀었다. 당장 파내고 싶어졌다. 더 미적거릴 일이 아니라는 판단이 섰다.

많은 피부과와 성형외과가 성업 중이고, 병원마다 치료비가 천차만별이라는 소문도 익히 들은 바다. 튕기듯 일어나 인터넷으로 피부과를 검색했다. 다행히 신뢰할 수 있는 피부과가 집 근처에 있었다. 단단한 각오가 식기 전 서둘러 병원을 찾아갔다.

얼굴을 들여다보던 의사가 한 마디 툭 던졌다. "정말 많네요." 라고. 점 하나하나가 다 돈으로 보이는지 의사의 눈빛에 생기가 돌았다. 백 개는 넘겠다며, 뽑을 때 눈 꽤나 아프겠다며 미리 엄살이다. 금을 매기기 위해 주근깨 얼굴을 저울에 올리고 신경전을 벌인다. 견적을 뽑고 있다. 흥정을 벌인다. 의료보험이 적용되지 않는 미용 성형엔 병원마다 자율성이 있을 거라 여기며 처방을 기다린다.

내게 맞는 시술이라는 레이저 수술에 들어가기 전, 의사는 내 얼굴에다 디지털 카메라를 들이댔다. 적나라한 견본이 될, 시술 전 얼굴을 자료용으로 남겨두려 함이리. 좌우로 얼굴을 돌려달라는 요구에 고분고분 따른다. 맨 얼굴의 주근깨가 벌 받는 아이처럼 긴장한다. 두 눈이 새카만 테이프로 가려져 병원 홈페이지 메인 화면에 뜬, 혹은 시술 전과 후를 대조하는 본보기로 병원 벽에 붙은 사진을 상상한다.

마취용 연고를 발랐지만 레이저 시술 시의 톡톡 쏘는 아픔을

다 막지는 못한다. 치과 치료 대에 누운 것처럼 잠시도 긴장을 풀 수 없다. 쐐기에 연속적으로 쏘이는 느낌이랄까. 나를 학대하고 있다는 생각이 언뜻 스친다. 오로지 미용만을 목적으로 이런 고통을 감내한 적이 있었던가 싶다. 피부가 예민한 눈 아래쪽 주근깨가 산산이 부서지는 동안 눈물이 찔끔찔끔 솟는다.

잔뜩 긴장한 채 주먹을 불끈 쥐고 있는데 의사가 손거울을 건네준다. 거울을 보니 바윗덩어리를 잘게 부수고 바닥을 파헤쳐 놓은, 공사장 같은 한 얼굴이 눈만 반짝인다. 나와 동고동락했던 검은 세포들이 지천에 널브러졌다. 졸지에 레이저 공격을 받은 잡티들은 반항 한 번 못하고 참변을 당했다.

헤집은 상처마다 붓고 따끔거리고 가려워 며칠 째 잠을 설치고 있다. 부지불식간 들쑤셔진 얼굴이 생각할수록 화가 나는지 열기로 달아오른다. 떨어져 나간 죽은 세포들의 하소연이 사라지는 날, 나도 편히 잠들 수 있으려나. 딱지 투성이 얼굴은 내가 봐도 못 봐 주겠다. 천생, 마마가 덮친 사람 모양이다. 딱지를 세어보니 백 개도 훨씬 넘는다.

모든 외출을 삼가고 딱지가 떨어지기만 기다리는 공소시효 같은 일주일째다. 얼굴에 덕지덕지 앉았던 상처의 딱지들이 드디어 허물 벗듯 하나둘 떨어져 나갔다. 고전 소설 ≪박씨전≫에서 추녀 금강선녀 박씨가 탈갑하여 절세미녀로 변모되듯, 거울을 볼 때마다 하루가 다르게 얼굴이 밝아진다. 그제야 내 얼굴에도 쌩긋 미소가 핀다.

두문불출했던 지난 며칠간 딴 세상에 갔다 온 기분이다. 인간이 되기 위해 동굴 속에서 쑥과 마늘만 먹으며 인내했던 곰처럼, 맑은 얼굴을 갖기 위한 인고의 시간이었다. 깨끗한 피부를 갖기 위해서라면 이까짓 고통이야 달게 견디리. 결과물을 보자 이것도 해볼 만하다며 고개를 끄덕인다.

피부과나 성형외과에는 그 나름의 세계가 있었다. 지금껏 특정한 사람들만 가는 곳이라 여겨왔던 그곳에다, 나를 위해 돈과 시간을 투자한 것은 큰 용기였다. 세상 흐름에 적당히 발맞추고 사는 것이 쉽지 않다. 생긴 대로 살려 하니 그 또한 마음먹은 대로 놔두지 않았다.

별

눈이라도 퍼부었으면 좋을 적막한 밤이다. 살며시 댓돌로 내려섰다. 순간 몸을 덮친 차디찬 공기에 움찔 놀란다. 어둠 속에 잠긴 산마을은 기척이 없고, 캄캄한 사위에 익숙한 사물들이 오들오들 떨고 있는 내게 측은한 눈길을 보낸다.

목을 뒤로 잔뜩 젖히고 먼 하늘에 초점을 맞추었다. 한여름 밤 평상에 누우면 머리 위로 총총히 모여들던 기억 속의 별을 찾아볼 참이었다. 별은 언제나 고향의 별을 떠올리게 했다. 어릴 적 고향에서 보았던 별만큼 또렷한 별을 보지 못했다. 그 별무리는 앞으로도 영원히 볼 수 없을지 모른다. 아득한 그 옛날 그 시간 속에 존재했던 별이기에.

어둑한 하늘은 밤눈이 트이지 않아 뿌옇다. 구름 한 점 없는데도 별은 쉬 모습을 드러내지 않는다. 눈을 몇 번 끔벅여 조리개를 한껏 열고 하늘을 줌으로 끌어당겼다. 심호흡을 하고 심도를 훨씬 깊게 한 내 망막의 렌즈 속으로, 막 튀겨져 나오는 팝콘처럼 별이 톡톡 튀어나왔다. 별자리는 그때 그대로인데 하도 오랜만이라 낯가림을 했나 보다. 소녀의 가슴에서 빛나던 아련한 별들과의 상봉이다.

오래도록 하늘을 올려다봐서인가. 눈 한 번 깜빡이는 사이 별이 우수수 떨어지는 착시에 빠진다. 지구별의 한 점인 내게 쏟아붓는 별들의 온기로, 추워 웅크렸던 몸에 따뜻한 기운이 번진다. 전율이 인다. "네 앞에 서면 늘 말문이 막힌다."는 이해인 수녀의 시 구절처럼, 별과의 교감으로 말문이 턱 막히는 체험을 하고 있다.

한때 키우던 강아지 이름이 '별'이었다. 어른 손바닥만 한 강아지가 우리 집에 왔을 때 딱 떠올린 이름이다. 다른 이름을 생각할 것도 없이 강아지는 우리 집의 별이 되었다. 그런데 그 조고만 것이 어찌나 짖어대는지 그것이 녀석에겐 오히려 화가 되고 말았다. 시끄럽다는 주변의 항의에 그만 다른 집으로 보내야 했기 때문이다. 하늘의 별을 보니 강아지 별이가 생각난다.

거문고·도마뱀·독수리·기린·돌고래…… 별자리 이름은 특별한 물체나 생물의 형태를 나타내는 것으로 상상하여 명명되었다고 한다. 기상현상이나 종교와 신화를 상징하는 이름이 붙여지기도 했다. 별자리는 인공위성을 추적할 때와 천문학자가 특정한 별을 찾을 때 지표가 되겠지만, 나는 지금 서 있는 시공간의 좌표를 확인하고 싶어진다.

이 순간 나란 존재는 과연 어디쯤에 서 있는 것일까. 어디에서 가장 많은 시간을 보내고 누구와 주로 머물며, 어떤 일에 많이 매달리고 있는가. 그런 것들이 내가 어떤 사람인지를 알려주는 지표일 것이다. 내가 어느 별 어디쯤에 서 있는지를 영원 속의 별은 알고 있겠지.

인간이란 이 넓은 우주에 비교할 때, 세상의 한구석에 불과한 어떤 강가에서 풀을 뜯고 있는 소꼬리의 털에 붙은 벌레의 알보다도 미미한 존재라 했다. 그처럼 미미하다는 것은 인간 개체 물리량의 작음이 아니라, 개체의 정신과 육체의 왜소함이었을 것이다. 또한 그에 대비되는 우주 자연의 위대함이었을 것이다. 그렇게 미미한 인간임을 깨달으며 꿈에서 깨어나듯 으스스 한기를 느낀다.

별들이 저마다 다른 크기의 빛으로 신호를 보내온다. 환산하지 못할 물리적 거리를 사이에 두고, 지상에 없는 부호인 텔레파시로 별과 내가 교신한다. 그 메시지가 찰나에 우주 공간을 가로질러 먼 서로에게 닿는다. 저 별 어디쯤에서도 절대고독을 떨쳐내지 못한 한 생명체가 지구별을 바라보며 서 있을지도 모른다. 깊어가는 겨울 밤, 고향집 마당에 불시착하는 어린 왕자를 기다린다.

별은 신의 정령인가. 신께서도 내 마음을 알았다는 뜻인가. 얼핏 별똥별 하나가 꼬리를 짧게 긋고 사라진다. 찰나에 일어난 일이라 환영인지 실제였는지 분간이 되지 않는다. 별과 나의 은밀

한 소통이다. 선 자리에서 조금이라도 몸을 움직이면 깨질 것 같은 생생한 감동을, 별처럼 내 영혼을 반짝이게 하는 누군가에게 전하고 싶었다. 닿지 못해 애틋한 먼 별과의 교감을, 적막한 산중 그 별빛을 받고 서서.

"밤이 들면서 골짜기엔 눈이 퍼붓기 시작했다. 내 사랑도 어디쯤에선 반드시 그칠 것을 믿는다."는 황동규의 시 〈즐거운 편지〉를 읊조린다. 뇔수록 눈처럼 스며드는, 변함없는 기다림의 자세를 노래한 시다. 즐거운 편지가 아니라 슬픈 편지다. 내 사랑이 어디쯤에선 반드시 그칠 것을 믿는 일은, 그 사랑이 부디 영원하기를 바란다는 역설일 것이기 때문이다.

꼭꼭 여미어 닫은 구들방 창밖엔 겨울 밤의 고요가 팽팽히 조여 왔다. 하늘이 땅을 덮을 듯 무겁게 내려앉았다. 곧 하늘이 열리고 참았던 눈을 펑펑 쏟을 폭설전야의 징조다.

밤이 깊어지자 산중엔 거짓말처럼 눈이 퍼붓기 시작했다. 소리 없는 속살거림이 쉼 없이 귓전에 들려왔다. 숱한 별들이 함박눈으로 쏟아지고 있었다.

나의 '매디슨 카운티의 다리'

　푸른 잔디가 간지러운 한낮의 초원이다. 금빛 햇살이 아지랑이를 부시게 피워올리고 오수가 쏟아진다. 휴일 여유가 초원처럼 펼쳐져 있다.

　거리낄 것 없이 편안하다. 배가 고프면 음식을 먹고, 입이 궁금하면 전화로 주문을 해서 궁금증을 채웠다. 더우면 씻고 눕고 싶으면 누웠다. 뽀득뽀득 살 오르는 소리가 들렸다. 텔레비전 리모컨은 상비약처럼 손닿는 거리에 두었다. 디저트용 음악도 있고 가볍게 읽을 시집도 가까이에 있다.

　빨랫줄에 널린 빨래가 보송해진 마음처럼 햇볕에 말라가고, 화창한 날씨만큼 기분도 쾌청하다. 무엇을 바라랴. 이따금씩 구름 사이로, 곧은 빛살이 땅 끝까지 내리꽂히듯 생각나는 한 얼굴만 없다면 말이다.

　기분이 적적할 땐 책꽂이에 꽂힌 책들을 친구 찾듯 훑어보곤 한다. 이런 기분일 땐 어떤 책이 종자기* 같은 벗이 되어줄까 하고 제목을 하나하나 짚는다. 책을 선물한 사람을 떠올리기도 하고 당시의 심기 따라 읽을거리를 찾는다.

　친구가 돼 줄 책을 찾다가 문득 한 제목 앞에 시선이 멎는다.

　≪매디슨 카운티의 다리≫

　그래, 프란체스카를 다시 만나는 거다. 무료하고 평온하던 그녀에게 스쳐간 폭풍 같은 사랑을 다시 음미해 봐야지. 소설 속 그녀의 나이를 넘어선 이쯤에선 그 사랑이 어떻게 다가올까, 그것이 궁금해졌다. 사진첩을 넘기는 기분으로 책장을 찬찬히 넘기기 시작했다.

　지붕이 씌워진 다리 사진을 찍기 위해 찾아 온 쉰두 살의 사진작가 로버트 킨 케이트. 그가 프란체스카의 집에 들어섰을 때, 그녀는 느긋하게 차를 마시며 모처럼 자신에게 주어진 홀가분한 시간을 만끽하고 있었다. 가족들은 다운타운에서 열리는 며칠간의 행사에 가고 없다. 그녀에게는 알토란 같은 휴식이었다. 그는, 한적한 집에 걸린 색 바랜 풍경화처럼 편안한 얼굴의 그녀를 찬찬히 들여다보았다. 가다듬지 않은 매무새였지만 다시 아름다워질 수 있을 얼굴이었다.

---

* 중국 거문고의 명인이었던 백아의 친구로 백아의 거문고 소리를 가장 잘 알아들었다.

마흔다섯 살의 촌부 프란체스카는 농사짓느라 손톱 다듬을 시간도 없이 바쁜 여자다. 이 빠진 유리잔이 생활의 일부분인 여자다. 그러나 "고대의 저녁과 멀리서 들려오는 음악에 건배"를 제의하는 남자의 말에, 아직 가슴 떨리는 여자이기도 하다. 그런 그녀에게 나타난 사진작가 로버트 킨케이트의 존재는 그녀 삶에 쏟아진 엄청난 우박이었다. 그들에게 섬광 같았던 나흘은 두 사람의 생각과 인생관과 그 모든 것을 바꿔 놓고 말았다.

그리고 여자의 가족이 돌아왔다. 그가 혹성에 사는 이유는 여행하기 위해서도 사진을 찍기 위해서도 아니었다. 오직 그녀를 사랑하기 위해서였다. 머나먼 시간 동안 어딘가 높고 위대한 곳에서부터 떨어져나와, 그가 이생을 산 것보다도 훨씬 더 많은 세월을 거쳐 마침내 그녀를 만나게 되었다는 고백을 남긴 채, 남자는 여자를 떠나갔다.

슬퍼졌다. 남자를 만난 며칠간이 인생의 전부가 되어 버린 여자 때문에, 나도 그녀가 되어 아득한 상실감에 젖었다. 퍼붓는 빗속에서 멀어지는 남자를 보며, 꼭 그들처럼 작별인사조차 하지 못하고 먼 길 떠나간 한 친구가 생각났다. 나흘의 추억으로 평생을 산 프란체스카처럼, 친구와의 애틋한 기억이 평생을 갈까 슬펐다. 노랑데이지 꽃다발을 가져 오지 않아도 괜찮다. 먼 곳으로 가버린 친구가 어느 날 불쑥 와 준다면, 프란체스카처럼 바람의 노래를 닮은 향수를 뿌리고 기다릴 텐데.

그녀의 약간 권태롭기도 하고 따분한 삶은 중년을 건너고 있는 우리들의 이야기였다. 그런 그녀를 덮친 사랑은 많은 여자들의 가슴을 뛰게 한 로맨스며, 느닷없이 맞닥뜨리고 싶은 것이었다.

영화배우 클린트 이스트우드와 메릴 스트립이 연기한 같은 제목의 영화는, 책에서의 감상을 깨트리고 싶지 않아 보질 않았다. 20대에 본 흑백영화 〈카사블랑카〉를 어른이 된 후 다시 보았을 적만큼 마음에 파문을 일으킨 책이다. 옛 연인을 떠나보낼 수밖에 없는 카사블랑카의 남자 주인공 릭과, 운명처럼 찾아온 사랑을 떠나보내는 프란체스카는 마음 짠하게 한다. 햇살이 간질이는 잔디에 누워 한낮을 산책하려던 나른함은 이제 간데없다. 영원히 떠나가는 남자를 지켜볼 수밖에 없던 프란체스카 때문이다.

이 책은 제2의 러브스토리라는 찬사를 받았다. 막 딴 콜라 맛처럼 톡 쏘면서도 달콤한, 많은 여성들의 환상적 로맨티시즘이라는 평가가 따라붙었다. 작가 로버트 제임스 월러는 이 책을 준비하면서, 인간관계의 울타리가 훨씬 넓혀질 수 있다는 것을 깨달았다고 한다. 덕분에 메마른 내 가슴에도 잠시나마 설렘의 싹이 움트는 희열을 맛보았다.

"흰 나방이 날갯짓을 할 무렵 다시 저녁식사를 하고 싶으시면 오늘 밤 일을 끝내고 들르세요."

이 쪽지 하나 지붕이 얹힌 다리 앞에 붙여놓고 나도 프란체스카가 된다.

추락할 때의 간절함으로

위험한 순간은 예고없이 덮친다. 전혀 엉뚱한 곳에서, 전혀 상상하지 못한 일이 자신에게 닥칠 줄을 누군들 짐작하랴. 사람들은 남의 일로만 여기던 고난을 겪으며 내면으로 성장하게 되는 것 같다. 한 고비를 무사히 넘긴 것에 대해 감사하는 마음과 삶에 겸손해지는 자세 등이 그렇다.

생명이 위태했던 순간이 내게도 있었다. 고등학교 2학년 종업식 날이었다. 3층 복도 바깥쪽 유리창을 닦으려고 건물 외벽 좁은 발판으로 내려서려다 몸이 그만 중심을 잃었다. 일 미터쯤 아래에 있는 난간은, 등을 건물 바깥쪽으로 하고 창틀에 바짝 엎드려 조심조심 발을 디뎌야 할 곳이었다. 그런데 일이 그렇게 되려고 그랬던지 별 생각 없이 바깥쪽을 향하고선 폴짝 뛰어내렸다.

아니나 다를까. 몸은 뛰어내린 반동으로 건물 외벽 좁은 발판에서 중심을 잃고 흔들렸다. 사색이 되어 거미줄이라도 잡으려던 내 눈에 보인 건, 알루미늄 난로 연통과 시멘트벽뿐이었다. 위태하게 흔들거리던 두 발은 이내 그 좁은 곳을 이탈하고 있었다. 차라리 작정하고 뛰어내렸더라면 심신의 충격은 덜했을지 모른다. 떨어지지 않으려 안간힘을 쓸 때 내려다뵈는 땅까지의 거리는, 올려다볼 때보다 훨씬 높아 보였다.

똑같은 시간도 처한 상황에 따라서는 더 짧거나 길게 느껴진다. 즐겁거나 행복할 때의 시간은 순간에 지나간다. 괴롭거나 고통스러운 시간은 더디 간다. 축지법縮地法이 있으니 축시법縮時法도 있겠다. 사랑하는 사람과 함께 하는 시간은 축시법을 쓴 것처럼 빠르게 지나겠지만, 시간이 정지된 것 같은 공포의 시간도 있다.

절벽에서 발을 헛디딘 섬뜩한 느낌이었다. 어떤 물건을 떨어뜨린다면 몇 초 걸리지 않을 높이였다. 1초, 2초…… 몸이 공중에 떠 있는 시간은 무섭고 길었다. 죽고 사는 문제는 이미 내 의지를 떠난 곳에 있었다.

그 짧은 시간에 여러 생각들이 한꺼번에 비집고 들어왔다. 막상 땅에 떨어질 순간에 대한 극심한 두려움과 공포에 떨었다. 기도가 뭔지도 모르면서 생전 찾지도 않던 절대자에게 매달리고 있었다. '하느님 살려주세요. 살려주세요.'라고. 화살기도를 알기도 전에 해 본 화살기도였다.

숨도 못 쉬고 긴장한 때였다. '퍽'하고 학교 건물 뒤쪽 꽁꽁 언

땅 위로, 몸의 어느 부위인지는 모르겠지만 둔탁하게 부딪는 소리를 들었다. 몸에서 느껴지는 아무런 감각 없이 가물가물 눈을 뜨니 노란 하늘에 현기증이 일었다. 저만치 위 복도 창문에는 내 이름을 부르며 울부짖는 짝꿍의 입 모양이 보였다. 의식을 잃기 전 퍼뜩 스친 생각은, 살았구나 하는 거였다.

척추에 금이 가는 부상을 입고 읍내 종합병원에 입원했다. 동네 친구를 통해 급보를 받은 어머니가 새파랗게 질린 얼굴로 병실에 들어섰다. 어머니에게는 자식을 키우며 겪는 또 한 고비였을 것이다.

높은 곳이나 벼랑에 서면 뛰어내리고 싶은 충동이 드는 걸까. 고층 아파트에서 창밖을 내려다볼 때 끔찍한 상상을 할 때가 있다. 이 창에서 떨어지면 과연 몇 초 만에 떨어질지, 몸의 어디부터 닿고 누가 나를 발견하게 될지를. 그러다가 그런 상상을 하고 있는 사실에 깜짝 놀라 진저리친다. 그때 떨어진 기억은 후유증이라는 이름으로 내 무의식을 지배하고 있는 모양이다.

때로 삶의 나침반이 제 역할을 하지 못해 항해 방향을 벗어나기도 한다. 어쩌면 의지대로 가지 못할 때가 더 많은지도 모른다. 우산도 없이 때아닌 폭우를 만나는 것처럼 사는 일은 위태위태하다. 맨살에 여과 없이 내리쬐는 폭염처럼 가혹하고, 쉬 벗어날 수 없는 불가항력인 때는 어디 없던가. 순리대로 순하게 살자 마음먹으니 편하다.

내 자리가 있다. 내가 사랑하고 또 나를 사랑하는 사람들이 있다. 보이지 않게 연결된 인연과 관계들이 있어 적잖은 위안이 된다. 그래도 사는 일은 늘 조마조마해 살얼음 위를 걷는 듯하다. 하산할 때처럼 매사에 발을 조심조심 내딛는 심정이 된다. 무탈함에 감사하고, 궂은일이 생기면 더 나쁜 상황이 되지 않음을 다행으로 여긴다.

가끔 요통이 찾아온다. 잊을만하면 찾아와 추락할 때의 절박함을 상기시킨다. 그때의 기도를 잊지 말라고 척추가 보내는 메시지다. 요즘 들어 짬짬이 화살기도를 낸다. 지금 이만한 것에 감사하다고.

틈

막역하던 친구와의 사이에 금이 갔다. 금은 틈이 되고 틈은 점점 사이를 넓혀, 쌓인 우정만 소금 녹듯 새어나가고 있다. 잘못한 것도 없이 혼이 나는 것처럼 떨떠름하다.

오순도순 가꾸던 우정의 텃밭이 잡초 무성한 묵정밭이 되었다. 잠시도 떨어질 새 없이 다정하던 우리 사이를 시샘한 달갑잖은 바이러스 탓이다. 언제고 훼방을 놓을 기회만 노리던 악성 바이러스는 틈새마다 스며들어 교란 작전이 심심찮았다. 그 작전에 보란 듯 우리 우정이 걸려들었다.

때맞춰 컴퓨터까지 바이러스에 감염되었다. 그 조짐은 대수롭지 않게 시작되었다. 처음에는 글자판의 키가 먹히지 않았다. 차츰 한글과 영문 글자 키의 변환조차 허락지 않더니 급기야 검색기

능과 메일쓰기까지 되지 않는 지경에 이르렀다. 바이러스는 시간이 지날수록 강도를 차츰 높여 컴퓨터를 마비시켜갔다. 혹시 모르니 중요한 자료를 백업해 두라던 경험자의 조언이 그제야 되새겨졌다. 그 말을 흘려듣고 까짓쯤이야 하고 얕잡아보다가 된통 당하고 말았다. 그러고 보니 바이러스는 컴퓨터 프로그램뿐 아니라 사람 사이까지 망가뜨리는 악성 기생물이었다.

내 문패의 방에, 습작품이며 여타 기록과 사진 등을 옹기종기 들여놓고 매만지며 정을 쏟았다. 방을 넓혀갈수록 그곳에 옹크리고 앉아 노닥거리는 시간도 늘어났다. 그곳은 말의 배설 공간이자 내 안팎간의 숨김없는 소통 공간이었다. 자잘한 순간들을, 널린 일상에서 건져올린 내 마음의 놀이터였다.

그곳이 한순간에 공중분해 되어버렸다. 그러자 낯선 벌판에서 갈 길 잃은 사람처럼 멍해졌다. 이미 사라진 흔적이나마 찾아보려고 바둥거려 보았지만, 파일 속엔 소 도둑맞은 외양간처럼 싸늘한 바람만 횡하니 감돌았다. 발품 팔아 글감용으로 찍어놓은 사진도, 그림 파일만 먹어치우는 희귀 바이러스가 감쪽같이 삼켜버렸다. 어디에다 하소연할 수도 없이, 내게 실종신고를 해야 하는 기막힌 상황이 벌어졌다.

자고 나니 세상이 변해 있더라는 말이 실감났다. 각종 파괴임무를 띤 바이러스는, 덜렁대는 내 언저리를 새새틈틈 맴돌며 한 방 먹일 틈만 엿보고 있었던 모양이다. 설마 하다가 보기 좋게 뒤통수 맞은 꼴이다.

바이러스에 감염된 컴퓨터처럼 사람 사이에도 바이러스가 끼어들어 삐걱거렸다. 친구가 감정의 슬럼프에 빠져 있을 때 손 내밀어 잡아주었어야 했다. 정신을 차리고 보니 친구는 지레 지쳐 저만치로 등을 돌리고 있었다. 별일 없었냐며 너스레를 떠는 일도 서먹해졌다. 화창한 봄날 같던 사이가 어제였던 듯 전화로 수다를 떨기에는, 그 틈새가 너무 벌어져 있었다.

서비스 센터에 구조를 요청했다. 금 간 우정도 고장난 컴퓨터처럼 보수가 가능하다면 좋겠다는 생각을 하며. 일단 자료를 복제한 후 윈도 프로그램을 재설치했다. 깨끗이 비질한 컴퓨터는 겉으로 보기에는 말짱했다. 새것처럼 쓸 기대에 부풀었다. 그러나 웬걸, 잔뜩 기대하며 열어본 폴더 안은 경악스럽게도 듬성듬성 비어 있었다. 일껏 챙겨온 보따리를 풀어 보니 정작 담아와야 할 알맹이가 빠진 격이었다. 풍선 속 바람마냥 슬며시 빠져나간 친구의 마음 같았다.

언젠가 들은 라디오 방송이 생각났다. 유명한 소설가가 미발표작인 중편소설을 컴퓨터 고장으로 날려버렸다는 내용이었다. 사라진 글이 어느 구석에서 튀어나올까 하는 기대로 고물컴퓨터를 버리지 못하고 있다고 했다. 그 애통함에야 비하겠는가마는, 컴퓨터고 우정이고 삐걱거릴 때까지 방치한 탓이 크다.

어디서부터였을까. 친구와의 사이에 미세한 금이 가기 시작한 것이. 영악한 바이러스는, 내가 채 감지하지 못한 사이에 이때다 하고 투명하던 사이에 성에 같은 막을 만들어 버렸다. 성격이 예

민한 친구는, 따뜻한 입김으로 뿌연 막을 한 번 닦아낼 생각조차
하지 않고 그 마음에 빗장을 질러버렸다.

바이러스가 한바탕 훑고 지난 후유증이 크다. 텅 빈 파일을 열
고서 무얼 해야 할지 몰라 손 놓고 있다. 컴퓨터가 제 역할을 못하
니 생활의 한 부분이 마비된 느낌마저 든다. 인간은 인간이 만든
컴퓨터에 길들여지고 조종당해, 이제는 컴퓨터가 없으면 아무 일
도 하지 못할 만큼 생활 깊숙이 들어앉았다. 무정물도 유정물도
아닌 애매한 성질의 기계가 감정의 영역까지 넘나들고 있다. 어
쩌다가 사람과 사람 사이보다 더 가깝게 된 컴퓨터를 일상으로
껴안을 수밖에 없다.

어긋난 사람 사이도 고장난 컴퓨터처럼 복구가 되리라는 믿음
이 있다. 그 믿음은 복구시디가 아니라 오해를 삭여줄 시간일 것
이다. 떫은 감이 소금물에 삭아 단감이 되듯, 서로 침묵하는 시간
이 지난 후엔 우리 사이도 곰삭아 있지 않을까.

살짝 열린 창틈으로 쏟아지는 햇살이 친구인 양 반갑다. 창 활짝
열어두고 기다리련다. 불쑥 말 붙이지 못해 미루적거릴 친구를.

반란

원인 모를 오심惡心으로 속이 메스꺼웠다. 여느 날과 다름없던 아침나절이었다. 무단히 열 기운이 전신을 휘감는가 싶더니 몸 상태가 바닥으로 뚝 떨어졌다. 평소 잘 체하긴 했지만 체한 증상은 아니었다. 울렁거리는 속이 진정되지 않고 결국 변기에 얼굴을 들이대고 말았다.

도대체 무슨 일일까 하고 정신을 차릴 새도 주지 않았다. 한 번 역류를 일으킨 속은 가라앉을 기미가 없었다. 한바탕 소용돌이가 몸을 훑고 지나자 나는 손 하나 까딱할 수 없이 제멋대로 늘어졌다. 누웠다가 머리만 살짝 들어도 땅이 흔들리고 어지러웠다. 언제 또 역류가 시작될까 조마조마했다.

건강 상태가 극에 다다라 무너진 것일까. 물에 빠져 허우적대며 지푸라기라도 잡는 심정이었을 것이다. 어찌할 수 없는 물살에 휘말린 생각이 들면서 덜컹 무서워졌다. 행여 심각한 병에 걸린 건 아닌지, 내 몸에 대한 주도권은 이미 나를 떠난 다른 차원에 있는 것인지 불안해졌다. 기진해 쓰러진 머릿속으로 온갖 상념이 일어났다. 꼼짝하지 못하고 몸이 진정되기를 기다렸다.

몸을 혹사한 탓이 크다. 직장 일과 공부를 병행하며 정신력으로 버텨온 몸이 한계에 다다랐다고 반란을 일으킨 게다. 감기도 안 걸리는 건강 체질이라며 큰소리치고, 몸살 한 번 앓아 보고 싶다고 되지도 않는 넉살을 부린 것이 후회가 되었다. 천금 같은 내 몸에 얼마나 오만한 말이었던가 싶다. 기계도 수십 년을 쓰면 마모되어 삐걱대련만, 물러터진 사람이야 말해 무엇하리.

회오리가 잠시 잦아든 틈을 타 다 죽어가는 몰골로 병원에 갔다. 혈압 80/40. 정상수치에서 많이 떨어진 수치였다. 원인 분석을 하기 위한 혈액도 뽑았다. 나이 지긋한 의사는 뭘 먹었는지, 위 검사는 언제 해 보았는지, 간 검사는 해 보았는지를 세세히 물었다. 몸이 약해 그러니 잘 먹어야 된다는 말도 덧붙였다. 그 말도 귓전으로 흘려들은 채 집으로 오는데, 잊었던 기억 떠오르듯 잠깐잠깐 현기증이 났다.

영문도 모르는 신체 반란에 휘말려 잔뜩 예민해진 위가 고통을 호소해 온다. 명치 부위가 후끈한 것이 벌겋게 화난 위가 보이는 듯하다. 씩씩 부려먹기만 하고 쉬게 하지 못한 대가를 받고 있다. 누군가가 밥맛이 없다고 말하면 밥처럼 맛있는 것이 어디 있냐고 큰소리쳤다. 그러던 내가 한 치 앞을 못 내다보고 약을 먹기 위해 밥을 꾸역꾸역 밀어 넣고 있다.

세 끼 외 건강식이나 영양제엔 별 신뢰가 없는 편이다. 그러나 급하니 하는 수 없었다. 영양제라도 맞아 기운을 회복해야지 싶어 거울 앞에 앉았다. 핼쑥한 얼굴에 분을 발라 파리한 얼굴색을 가렸다. 창백한 입술에 붉은색 립스틱을 칠하자 표정이 생물처럼 살아난다. 화장을 하는 것은 백지에다 그림을 그리고 색칠하는 일 같다. 누렇게 뜬 얼굴색을 온전히 속이지는 못하지만 어느 정도 감춰진다. 화장품이란 것이 잘 생겨났다 싶다.

병원에 가려고 대문을 나서다 쏟아지는 빛에 아찔해진다. 앓는 며칠간 못 본 세상에 눈이 부시다. 거리의 사람들은 활기찬데 나만 축 처져 비실대는 것 같아 우울해진다. 수렁에 떨어졌다 구사일생 돌아온 기분이다. 모자로 초췌한 얼굴을 감추고 땅만 보며 걷는데 허공을 딛는 것처럼 다리가 휘청거린다. 몸이 맥을 놓아버리니 기분까지 바닥으로 곤두박질이다.

팔뚝에 링거가 연결되었다. 생명수 같은 주사액이 한 방울씩 혈관을 타고 들어온다. 바짝 말라 갈라진 논바닥을 적셔줄 단비 같은 영양제다. 링거액이 줄어들수록 기운이 샘솟는 것 같다. 설사, 영양제라는 이름이 주는 효과라 해도 나만 기운차리면 되는 일이다.

앓고 있으니 생활 전반에 균열이 생겼다. 건강하게 거리를 활보하고 일상생활을 할 때엔 몰랐던 건강의 소중함을 새기는 계기였다. 며칠이 지나자 바닥났던 기운도 차츰 회복되고 혈압도 거의 정상으로 돌아왔다. 피로에 지친 간은 더 오랜 보살핌이 필요했다. 건강할 때에는 별것도 아니던 정상 수치의 고마움도 알게 되었다.

조금씩 누적되어 왔을 몸의 반란은, 주인의 무관심에 놓는 일침이었다. 반란의 뜻을 새긴다. 나는, 내가 생각하는 것보다 훨씬 가치 있는 존재였다.

가을 탓

가을에 에워싸였다. 풀벌레 소리가 환청으로 들리고 귀에 익은 가을동요 멜로디가 머릿속에서 흥얼댄다. 부추기듯 속살대는 가을 바람에 떠밀려 걸음을 옮긴 곳은, 집 뒤 산기슭에 자리한 한 학교다.

교정에 들어서서 휘 둘러보니 운동장 한쪽 씨름판엔 꼬마들이 모래놀이에 신이 나 있다. 아이들의 웃음소리가 떼구루루 비누방울처럼 하늘로 피어오른다. 대여섯 살배기의 고만고만한 또래들이다. 얼굴 생김새만 봐도 같은 유전인자를 이어받았음을 알겠다. 웃음소리도 청명한 가을 날씨만큼 티없이 맑다.

지키는 이 없는 경비실 앞 빈 의자도 가을볕에 졸고 있다. 언제부터 그렇게 있었는지 몹시 무료해 보이는 그 의자에 덥석 앉았다. 결이 다 바랜 나무의자는 깜짝 놀라 엉겁결에 삐걱 소리를 낸다. 아이들은 헝클어진 머리에 모래를 뿌리며 까르륵댄다. 집에 가면 엄마한테 혼이 날 텐데. 아니지, 그깟 일로 혼을 내지는 않을 거야. 괜한 걱정으로 엉덩이를 달싹이며 지켜보다 아이들 모래장난에 불쑥 끼어들었다.

"애, 머리에 모래를 뿌리면 어떻게 하니?"

엄마 심정으로 씻을 걱정을 하는데, 가을 하늘을 눈망울 가득 담은 아이가 말한다.

"괜찮아요. 씻으면 돼요."

그래, 맞다. 씻으면 되지. 거기까진 미처 생각지 못했다. 그러고 보니 별 문제될 것도 없다. 아이들은 다시 재잘대고 나는 할 말이 없어졌다. 개들은 어른인 내게 관심도 없다. 주변을 얼쩡거려보지만 자기들끼리의 유희에 흠뻑 빠져 있다. 일요일이라 심심한 학교에 꼬마들 목소리가 실로폰 소리처럼 울려 퍼진다. 꼭꼭 닫힌 교실 유리창도, 서쪽 볕을 잔뜩 머금고는 눈이 부신지 창문마다에서 튕겨낸다. 해님의 메아리놀이에도 아이들은 아랑곳없다.

투명한 연시 껍질마냥 잘 삭은 계절이다. 암적색이나 다갈색으로 무르익은 가을은, 사람으로 치면 불혹 넘긴 때쯤일까. 산전수전 얼추 겪은 연륜처럼 넉넉한 계절이다. 가을은 하루로 치면 해거름 녘이다. 반생을 산 내 나이 무렵이겠다. 하루해는 서산으로 기울고, 미루나무 마른 이파리가 기척없이 떨어져 날린다. 동심이 부럽다고, 포르르……

아늑한 평화를 깨며 한 거친 숨소리가 끼어들었다. 언제 왔는지 모를 빨간 운동복을 입은 내 또래 여자는 운동장을 벌써 몇 바퀴째 도는 중이다. 순식간에 또 한 바퀴를 돌아 앞을 지나친다. 여자가 내 앞을 지나가기도 전에 그의 가쁜 숨소리를 듣는다. 마침 심심하던 차라 여자를 따라 운동장을 돌기 시작한다. 그의 씰룩이는 엉덩이가 게걸스럽다. 두 팔을 힘차게 내저으며 걷는 여자의 동작을 흉내 내다가, 그 뒤를 어설프게 따르는 구부정한 여자를 따라 걸었다. 마음이 바빠 상체가 먼저 앞쪽으로 쏠리는, 노인의 모양 나지 않은 몸동작에 그만 웃음이 터졌다.

빨간 운동복 입은 여자가 운동장을 금세 한 바퀴 돌아온다. 그 여자가 민망해할까 봐 시선을 얼른 먼 하늘로 돌린다. 나는 여전히 나무의자에 앉아 있다.

아이들 모래 장난에 가을 하루가 후딱 저물었다. 하루해도 어서 집으로 돌아들 가라며 따스한 볕을 시나브로 거두어 간다. 아이들은 집에 갈 생각을 잊은 모양이다. 어느 집에서도 아이를 찾는 엄마의 소리가 들리지 않는다. 그래도 무서운 기색이 없다. 이상하다. 담 너머로 고개를 내밀고 아이들을 불러들여야 할 엄마들이 아직 귀가하기 전인가 보다. 먼 별에서 잠시 지구에 놀러 온 아이들처럼 저무는 시간 따위에 관심없다.

문득 청명한 하늘에다 편지를 쓰고 싶어졌다. 정겨움이 덜한 인터넷 메일이 아닌, 온기 담뿍 담긴 편지를 쓰고 싶었다. 종이도 연필도 가져오지 않았지만 하늘에다 손가락을 갖다 대었다. 서두를 어떻게 시작하지? 혹 잘못 쓰더라도 지울 일 없다. 딱히 떠오르는 이도 없지만 구구절절, 누구라도 그대가 되어 받아달라며 마무리를 짓는다. 새파란 하늘색 바탕의 엽서에 곱게 물든 단풍 우표를 붙여 바람 편에 부친다. 마음으로 쓴 편지가 마음이 통한 이에게 전달되기를 바라며.

해가 서산으로 기울자 오슬오슬 소름이 돋았다. 교정에 땅거미가 내릴 무렵에야 자리를 떴다. 나무의자가 아쉬운지 잠깐 삐거덕 소릴 낸다. 집으로 돌아가는 발걸음에 얼핏 어질증이 인다. 다, 가을 탓이다.

길

    길. 이렇게 짧고 명료한 한마디에 이보다 더 많은 말을 내포한 말이 있을까. 모든 길은 로마로 통한다는 말은, 거미줄처럼 사통팔달 연결된 길과 길 간의 소통을 말하는 것이리라. 그것은 곧 인간 사이의 소통이기도 할 것이다.

    길에도 표정이 있다. 쭉 뻗친 고속도로는 당당하고 신작로는 좀 다소곳하다. 사람들의 온기로 난 오솔길엔 고향마을 골목 같은 정감이 흐른다. 오솔길은 발자국이 빚은 화석이다. 길을 낸 수많은 사람들의 발자국이 그대로 길이 되어 묻힌 길이다. 수풀 무성한 산길을 걸을 때나, 길 같기도 하고 아닌 것 같기도 한 애매한 길 앞에서 주춤할 때, 길을 내 준 낯모르는 이들이 고맙다. 길은 그렇게 세상길이 되고 마음속 길이 되어 준다.

여행길은 유독 마음을 달뜨게 부추긴다. 요즘은 풀 방구리에 쥐가 드나들 듯 해외를 들락거리는 시대다. 등잔 밑도 다 돌아보지 못하고 하늘길을 따라 낯선 문화를 접하러 나간다. 여행이란 말 속엔 맘을 들뜨게 하는 주술이라도 들어 있나 보다. 그렇지 않고서야 너도나도 여행중독증에 걸릴 수가 있겠는지. 그러나 불쑥 떠나지 못하는 사람들에게 여행이란, 나룻배조차 없어 건널 수 없는 강 저편의 도원경일 뿐이다.

가끔씩은 마음에도 길을 터주어야 한다. 그날이 그날 같은 생기로운 일 없는 시들한 마음엔 통풍구가 필요하다. 여행이란 내가 그곳에 있는 일, 간절하면 이루어진다던가. 마침 길을 떠날 기회가 생겼다. 꽃구경, 단풍구경 철이 아니어도 엉덩이가 들썩거리던 차다. 일박의 짧은 여정이다.

경북 내륙의 안동이다. 정월 날씨가 매섭다. 꼭두새벽에 숙소를 나서자 볼이 얼얼하니 정신이 찔끔 든다. 여행지에서 놓칠 수 없는 코스처럼 잊지 않고 챙기는 새벽산책이다. 필터로 걸러내듯 누리의 윤곽이 조금씩 깨어난다. 어둠에 덮였던 지붕들이 시퍼렇게 밝아오는 새벽하늘 아래로 희미한 실루엣을 드러낸다.

낯선 새벽 풍경에서 눈을 떼지 못하고 걸음을 떼다, 저만치로 펼쳐진 한 풍경에 발이 얼어붙은 듯 멈춰 섰다. 낮은 지붕들 너머 저만치에, 들판인지 호수인지 가득 드리운 시뿌연 안개에 혹해서다. 구름 같은 안개가 겹겹이 주변 산허리를 휘감아 두른 거대한 동양화 화폭이다. 차츰 솟아오르는 해의 영향인가. 수면이 삼투

작용으로 하늘로 빨려들듯, 흡사 자글자글 물이 끓듯 안개를 피워 올린다.

숙소는 한국학 전문연구기관인 한국국학진흥원 내 국학문화회 관이다. 퇴계 이황이 만년에 학문을 연마하고 제자들을 가르친 도산서원으로 가는 길목에 있다. 안동은 종가 하나 끼지 않은 골이 없고, 서원 하나 안지 않고 흐르는 내가 없을 정도라고 한다. 세계적으로도 유교문화의 흔적을 가장 많이 보존하고 있다는 안동에서, 유교적 전통문화보다는 물안개에 더 취한다.

물안개를 피우는 정체는 바로 안동댐이었다. 댐 건설로 자연마을 삼천여 가구가 수몰되었다고 한다. 인근 오천유적지는, 양반고장인 그곳에서도 양반 중 양반 성씨로 쳐주는 광산김씨 한 파의 유적을 수몰 직전 옮겨놓은 곳이다. 같은 성씨를 물려받은 후손으로서 자부심에 으쓱해진다. 그러나 수몰가구에 대한 안타까움을 저버릴 수 없다. 멋들어진 자연수묵화를 펼쳐놓는 안개는, 조상 대대로 살아온 집을 물속에 잠근 수많은 사람들의 가슴앓이였다. 그 많은 고향집들의 수런수런 참았던 하소연이었다.

침묵으로 흐르는 강도 새벽마다 속울음을 울고 있었나 보다. 고향집을 묻은 심정으로 멀리 안동댐에 드리운 물안개를 바라본다. 저 오래전부터 예견된 것처럼, 수몰은 그들에게 비켜갈 수 없는 운명이었을까.

가족의 평온을 물에 잠그고, 어느 낯선 곳에서 마음의 뿌리를 내려야 했을 그들이 안타깝다. 좀체 정 붙지 않는 새 터전에서 평생 고향을 그리며 여생을 보낼지도 모른다. 고향이 그리워 불쑥 찾아와서 강물에 한 하염없는 하소연들이 물안개로 피어오르는 걸까.

기억 속에 풋풋하게 남아 있는 길도 있다. 그 길은 고풍스런 돌담길이나, 메타세쿼이아 가로수 줄지어 선 길이 아니다. 전나무가 우거진 상큼한 숲길도, 사랑하는 청춘 남녀가 손을 잡고 걸으면 백년해로한다는 십 리 벚꽃 길도 아니다. 그 길은 비록 스쳐 지난 잠깐이었다 할지라도 누군가와 정답게 갔던 길이다. 그곳에서 뜬금없이 만난 사람과 동행했던 길이기도 하다.

여행지에서 일상을 벗어난 홀가분한 자유를 맛본다. 모르는 사람과 사람 사이에 벽을 허문 거리낌 없는 소통이 일어나 그곳의 사람 냄새를 맡게 한다. 그 사이에는 강이 흐르지 않아도 조잘조잘 물소리가 들린다. 새가 없어도 지저귀는 새소리 들린다. 여행 길에서 은근한 홍조를 띠게 하는 길 하나 몰래 품음 직하다. 아직 끝나지 않은 이야기처럼 못내 아쉬움으로 남는 그런 길을.

나도 짧은 여행길에 길 하나 내고 왔다. 먼지 폴폴 날리는 비포장 길에 종달새가 지저귀고 시냇물 졸졸 흐르는 길을 하나 품었다. 내 삶의 길이었으면 좋을 길, 그 길은 내 안에 있었다.

바람이 소리를 만나면

    종종 산사를 기웃댄다. 불공드리는 사람들 조아림에 숙연해지고 부처의 미소를 슬쩍 엿보기도 한다. 부처께 빌 것이 많은 사람은 모든 어머니들인 것 같다. 어머니들이 부처 전에 꿇어 엎드릴 동안, 나는 이방인처럼 법당 밖을 서성인다.

    경북 봉화에 있는 천년고찰 청량사에서다. 이름이 주는 청량함에 어쩐지 이끌리어 찾아간 곳이다. 영주를 거쳐 봉화로 가는 길은 북적한 세상으로부터 벗어나 굽이굽이 산중으로 들어가는 느낌이다. 다문다문 터잡고 앉은 마을도, 고속도로가 신작로로 바뀌는 것처럼 아담하고 소박해진다. 산은 높고, 산이 높은 만큼 내도 맑다. 봉화에서 다시 차로 삼십여 분쯤 골 따라 달려서야, 푸른 하늘을 떠받친 바위가 조각품처럼 신비한 청량산이 그 모습을 드러냈다.

풍기군수로 있던 주세붕이 이곳을 유람한 후 남긴 〈유청량산록〉에서 내외 열두 봉우리의 이름을 붙였다고 한다. 그 열두 바위 봉우리 중, 연화봉 기슭 한가운데 연꽃처럼 둘러쳐진 꽃술자리에 자리를 잡았다는 청량사다. 대중들을 위한 산사음악회로도 잘 알려져 있다. 총총한 별빛 아래에서 선율이 흐르는 산사의 운치에 젖고 싶으면, 불자가 아니어도 하루쯤 속세를 떠나보는 것도 좋겠다.

청량사로 오르는 가파른 침목계단 옆으로, 전통 다원 안심당이 사랑방처럼 먼 데 손님을 맞이한다. 안심당 처마 밑에 걸린 '바람이 소리를 만나면'이라 쓰인 현판 앞에서 걸음을 멈춘다. 바람이 소리를 만난다는, 심오하고도 딱히 잡히는 것 없는 화두 하나를 가슴에 담는다. 안심당은, 보이지 않는 바람과 보이지 않는 소리와의 만남이라는 과제를 부처 전으로 가는 중생들에게 던진다. 혹 바람을 만난 풍경소리를 들을 수 있을까 하고 귀 기울이지만 소리는 미동조차 없다.

"도화야 떠나지 마라. 어주자漁舟子 알까 하노라."라고 청량산을 예찬한 퇴계의 〈청량산가〉. 눈앞에 펼쳐진 산봉우리마다 얼마나 아까운 절경이었기에, 떨어진 복사꽃이 강 따라 흐르다 어부에게 발견되어 숨어 있는 청량산을 들킬까 걱정했을까. 또한 퇴계는 청량산에 가보지 않은 자는 바른 선비라고 할 수 없다 했다. 청량산에 마음을 흠뻑 빼앗긴 게다. 그 〈청량산가〉가 탄생한 비경 속에서 나도 내 마음에다 청량산가를 짓는다.

고려 공민왕의 친필인 '유리보전'에는 종이공예로 지었다는 약사여래불을 모셨다. 동행한 친구들은 약사여래불전에서 예를 갖추고, 나는 친구들이 나올 동안 절 경내를 돌아본다. 청량사만큼 포근히 산자락에 안긴 절도 드문 것 같다. 볼록렌즈로 빛이 모이는 것처럼 청량사 가득 햇살이 쏟아지니, 이곳에선 불심도 절로 깊어지겠다.

원효 스님과 소의 전설이 깃든 삼각우송 아래에 여행객들이 어깨를 맞대고 쉬고 있다. 그 뒷모습이, 그들이 살아왔을 삶처럼 각각이다. 앞모습이 보이는 그대로의 표정이라면, 뒷모습은 부러 꾸밀 수 없는 솔직한 내면의 표정일 것이다. 삶의 노곤함을 부처전에 풀어 놓은 어깨들이 한없이 편안해 보인다. 나도 연꽃의 수술자리라는 청량사에서 잠시 산 밖 일을 잊는다. 팽팽하게 조여진 세상살이에서 느슨해진다.

내 몫으로 주어진 대로, 부족한 대로 살아가는 삶이다. 과분하게 받았다고 다 만족하는 건 아닌 것 같다. 산다는 건 늘 마음 한구석이 채워지지 않는 순간의 연속이지 싶다. 모든 중생의 병을 쓰다듬어 준다는 약사여래불전이다. 어떤 삶이든 아프지 않은 인생이 있으랴. 이 순간 이 자리에 있는 것만으로 흡족하다며 서로 기댄 어깨끼리 속말을 나눈다. 대지를 빈틈없이 내리쬐는 햇살보다 더 따사로운 가피에 취해 있다. 그렇지 않고서야 어찌 낯선 이들과 허물없이 어깨를 맞대랴.

산사가 주는 느낌은 푸르고 고요하다. 동틀 무렵 새벽안개를 걷어내는 범종 소리가 울려 퍼질 것 같다. 산속 절은 하나같이 햇볕이 잘 닿는 양지바른 곳에 자리를 잡았다. 이 또한 절을 아늑하게 하는 요소일 것이다. 청량사는 맑고 청명한 풍경소리가 울릴 것 같은 푸른 울림으로 다가온다.

다원 안심당을 지나오는 길에 또 한 번 그 오묘한 소리에 갸웃거린다. 바람이 소리를 만나다……. 안심당에서는 바람의 말도 들을 수 있어야 된다는 말일까. 그 이름처럼 흔들리는 마음도 안심이 된다는 뜻일까. 바깥세상 바람 한 점 닿지 않을 듯 고요한 청량사다. 안심당 처마 끝 풍경은 끝내 울리지 않고, 심연을 울리는 풍경만 내 안에서 흔들린다.

바람과 소리의 만남은, 스스로의 투명한 울림이고 혼탁하지 않은 내면의 반향을 말하는 것이었다. 텅 빈 정갈한 공간에서 울리는 공명처럼, 좋은 현악기가 남기는 깊은 여음처럼.

사람도 풍경도 다 털어내고서야 심금을 울리는 소리를 낼 수 있으리라. 청량사의 여운이 깊다.

바람이 소리를 만나면/꽃이 필까 잎이 질까/아무도 모르는 세계의 저쪽/아득한/어느 먼 나라의 눈 소식이라도 들릴까…….

— 청량사 주지 지현 스님

보길도의 밤

더 내디딜 곳이 없다. 땅끝 전망대에 서니 발치엔 망망한 바다
가 가로막는다. 해거름에 가속이 붙어 잠깐 새에 해가 바다 쪽으
로 기운다. 바다 저 너머의 강력한 무엇에 이끌리어 해가 빨려들
고 있다. 해는 다시 안 올 것처럼 하늘을 갤 판 삼아 붉은 물감을
풀어헤친다. 하늘이 펼치는 하루의 피날레다.

해가 지면 사람 마음에서도 잠시 빛이 거두어질 게다. 해돋이
때의 희망찬 설렘과는 사뭇 다른 차분한 심경에 젖는다. 해가 꼴
깍 넘어가는 지점이 과연 지구의 어디쯤일까. 세상이 침몰하고
있다. 전라남도 땅끝에서 오다가다 옷깃을 스친 사람들이, 꼭 치
르고 가야 할 의식처럼 해를 배웅한다. 해넘이를 지켜보는 뒷모
습 실루엣들이 지는 해의 역광을 받아 한층 또렷하다. 거스를 수

없는 삶의 진리와, 그 앞에서 한없이 작아지는 자신의 존재를 깨
닫고 있는 걸까. 아득히 사라지는 해를 저마다의 비장함으로 보
내고 있다.

해는 종내 바다 속으로 퐁당 빠져 버렸다. 하루가 지워진다.
의지하던 등불이 꺼져버린 막막함이 대지에 드리워지는 어둠처
럼 덮쳐온다. 사람들은 무슨 미련이 남는지 한동안 자리를 뜨지
못하고 미적댄다. 차마 보내기 싫지만 잡지 못하는 운명 같은 것
이라며 체념하는 듯하다. 누군가가 헛헛한 목소리로 해에게 작별
을 고한다. 잘 가라고. 누구라도 같은 마음이었으리. 그래, 잘 가
거라.

장렬한 하루가 남긴 구름은 시시각각 자태를 달리하며 구름 쇼
를 벌인다. 크나큰 붓으로 그린 것 같은 천연색 구름이 쉬지 않고
화폭을 바꾼다. 초대형 풍경화다. 아무런 무대장치와 대사와 등
장인물도 없다. 지나가는 관객만 바닷길을 따라 늘어섰다. 그 감
동스런 공연이 끝난 자리에 일부 관객이 돗자리를 펴고 조촐한
저녁상을 차린다. 지는 해를 기리는 제사상 같다. 소박한 도시락
과 컵라면이 전부지만 더없이 거룩한 저녁식탁이다. 이제 곧 완
연한 어둠 속에 갇힐 사람들이 서로의 눈빛을 등대 삼아 만찬을
나눈다. 참으로 아름다운 소멸의 순간이다.

"맛있겠다."라고, 지나가던 트럭 창으로 보길도의 한 여자가 머
리를 내밀고 소리친다. 늘 보아오던 이웃사람인 양, 밥 먹던 젓가
락을 들고 팔을 크게 흔들어 준다. 일몰이라는 엄청난 장관을 늘

보아왔을 그들에게는, 우리가 본 해넘이는 그저 일상에 불과할 것
이다. 그러나 우리에겐 아주 특별한, 막이 내린 무대 위다. 바다도
하늘도 어둠의 장막 속으로 서서히 젖어드는, 하루의 대공연이 막
을 내리는 현장이다. 그 무대 위로 보길도 사람이 지나가는 인물
처럼 스쳐간다.

　가로등도 없는 바닷길은 이내 깜깜해졌다. 세상은 거대한 어둠
의 아귀에 갇혔다. 이제부터는 스스로 등대가 되어 길을 찾아 나
서야 한다. 먼 곳에서 떠오를 태양을 따라 저 혼자 무던히 돌고
있을 지구처럼.

　　"낮이 끝나면 해는 어디로 가나요?"
　　"낮은 끝나지 않아. 어딘가 다른 곳에서 시작하지. 이곳에서
밤이 시작되면, 다른 곳에서 해가 빛나기 시작한단다. 이 세상
에 완전히 끝나는 건 없단다." 엄마가 말했어요.
　　"정말요?" 아이가 물었어요.
　　"그럼, 다른 곳에서 시작하거나 다른 모습으로 시작한단다."
　　　　　　　　　　　－ 샬롯 졸로토, <바람이 멈출 때> 중

　세상 모든 것이 시작과 끝인 것처럼 보일 뿐, 실은 계속 이어지
고 있다는 자연의 이치를 들려주는 책이다. 해도 지금 다른 곳으
로 하루를 시작하러 간 거다.
　길 닿는 대로 떠난 길, 발길 멈춘 곳에 하룻밤 여장을 풀면 된

다. 깜깜한 해안 길을 달리며 몇 민박집을 기웃거린다. 너무 외딴 곳은 인적이 없어 무섭고, 바다가 펼쳐진 전망 좋은 집엔 방이 없다. 그러다 바다에서 조금 떨어진, 넓은 창이 시원해 뵈는 한 민박집 마당으로 들어섰다. 예순 너머의 인상 푸근한 주인 남자가 평상에 앉아 있다가 시간 모르고 들어온 객을 반긴다. 남도의 자연 볕에 오랫동안 그을린 얼굴이다. 순박한 얼굴에 보길도 햇살과 바람이 스친다. 어두운 마당 한쪽 거두어들이지 않은 발간 고추가 고향집인 듯 반갑다.

그의 아내는 나이를 가늠할 수 없다. 표정이 맑다. 그들은 천생 연분 같다. 서로가 있는 듯 없는 듯, 벽에 걸린 그림처럼 편안하다. 아들딸은 결혼과 직장일로 도시로들 나가고 오순도순 살림 꾸리며 자식들 기다리는 낙으로 살겠지. 눈빛만 보고도 서로의 마음을 다 아는 그 사이가 유순해 보인다.

민박집 마당 평상에 각지에서 모인 여행객이 둘러앉았다. 누가 모이라고 한 것도 아닌데 화롯가처럼 평상으로 모여들었다. 가슴 엔 이미 바닷바람이 들락거려 이른 잠에 들기는 글렀다. 주인 내 외까지 나와 앉아 사정 봐주지 않고 달려드는, 파리만 한 보길도 모기를 쫓는다. 부부가, 가족이 또는 친구끼리 온 보길도의 한 민박집에 충청·전라·경상도 말이 마당에 피워놓은 모깃불 따라 피어오른다. 짭조름한 바닷바람이 살갗을 간질이고 붉은 달무리를 두른 가로등이 평상을 엿본다.

땅과 하늘이 맞닿은 보길도다. 시야를 가리는 높은 건물과 산이 없어서인가. 하늘이 도시에서보다 훨씬 광활하다. 이곳에선 누구나 하늘을 온전히 차지할 것 같다. 건물에 가려 조각난 하늘이 아니라, 하늘이 멀리 지평선까지 막힘없이 맞닿아 있다. 먼 듯 가까이서 들려오는 파도소리가 바다가 지척에 있음을 알려준다.

이 그립던 정취를 눈앞에 두고서 잠이 올 리 없다. 자리를 털고 일어나 파도소리를 따라 나섰다. 바람에 묻어오는 바다 냄새를 맡으며 어둑한 길을 얼마나 걸었을까. 아담한 해안이 베일을 벗으며 희미한 모습을 드러냈다. 뿌옇게 부서지는 포말이 바다가 여기 있다고 일러준다. 적막과 바람뿐인 바다가 오래전부터 거기 있었던 토박이처럼 잘 어울린다.

부산에서 보성을 거쳐 강진과 해남을 지나 보길도까지 왔다. 지나다 들른 정자에서 마루를 선뜻 내준 한 문중의 어른들이 고마웠다. 잠시 쉬어가는 길에 여행객에게서 얻어 마신 커피 한 잔도 달았다. 노화도로 가는 배 안에서 삼삼오오 만난 여행객과 '장보고', '땅끝에서 보길까지'라는 남해의 정취가 물씬 풍기는 이름의 여객선들……. 스치는 것마다 남녘의 바람이 흠뻑 배어 있었다. 살아가는 동안 이따금 떠올리게 될 것들이다.

소금기 가득 배어 돌아와 잠을 청했다. 하지만 마음은 온통 문밖을 향한 채 말똥하다. 보길도의 휘영청 밝은 달빛이, 이 밤에 잠이 오냐고 창 두드리는 소리 요란하다. 뒤척이다 일어나 마당으로 나가니 정작 잠 못 들게 한 달은 없다. 달인가 싶던 가로등만 시치밀 떼고 마당을 훤히 내려다본다. 내 일거수일투족을 모조리 꿰뚫어보고 있다.

횅뎅그렁한 마당을 서성이다 평상 끝에 걸터앉았다. 가로등이 내 그림자 하나 옆에 앉혀준다. 살갗을 스치는 바람이 스산하다. 주위를 둘러봐도 겨울바람 소리 같은 파도소리와 나를 에워싼 가로등 불빛뿐이다. 고즈넉한 쓸쓸함이 그예 파도처럼 덮쳐와 보길도의 밤에 갇힌 내가 못내 아리다.

막막한 밤이다.

내설악에서

절에서 보내는 밤이다. 돌아누우며 끌어당기는 이불깃의 바스락대는 소리가 선잠을 건드린다. 나뭇잎 떨어져 날리는 소리마저 들릴 법한 정적의 밤이다.

처음 자보는 절 잠에 얼마를 뒤척였을까. 새벽을 깨우는 목탁소리가 가물가물 잠 속으로 파고든다. 절의 최초 의식인 도량석이다. 산사의 하루를 여는 맑은 목탁소리는 내가 있는 방 앞을 지나간다. 목탁소리가 깊은 잠에서부터 불러내는 것이라면, 잇달아 울린 범종 소리는 이제 정신을 차려 부처님 전으로 오라는 소리 같다. 채 듣지 못한 사이, 세상 날것들에게 전하는 운판과 목어도 울렸으리.

새벽기도를 나가는지 옆에서 부스럭거리는 소리를 들으며 시계를 보니 새벽 세 시 반이다. 이른 새벽 범종 소리는 저녁의 장엄한 소리와는 또 다른 울림으로 다가온다. 저녁 예불을 알리는 종소리가 하루의 지친 심신을 어루만지는 소리라면, 새벽 종소리는 독경소리보다 청아하게 정신을 일깨우는 느낌이다.

절에서의 아침 공양도 처음이다. 아침 밥이라기보다는 새벽밥이다. 절에서 하룻밤을 묵은 등산객들이 아침 공양을 위해 하나둘 공양간으로 모여든다. 대부분 봉정암 산행길에 나서는 사람들이다. 등산객을 위해 준비한 주먹밥까지 염치없이 챙겨, 한국 5대 적멸보궁 중 한 곳인 봉정암 대장정에 나섰다. 한국 절 중 가장 높은 곳(해발 1,244미터)에 위치했다는 봉정암이다.

설악 계곡을 따라 산을 오른 네 시간여 만이다. 부처의 진신眞身 사리를 모신 불뇌사리보탑이 있는 산 정상에 섰다. 그곳에서 설악산을 굽어보니, 산은 첩첩이고 구름은 두둥실 이 산 저 산 자유롭다. 바위에 앉아 구름을 벗 삼아 주먹밥을 먹으니 마음도 구름처럼 가볍다.

설악산이란 이름조차 단풍 같다. 내설악에 있다는 백담사 가는 길은 굽이굽이 심산유곡이었다. 내비게이션이라는 훌륭한 길 도우미가 있음에도, 초행길이라 우여곡절 헤맨 끝에 도착하니 날은 이미 저물었다. 목적지인 백담사로 가는 셔틀버스도 운행이 끝났다. 어둑발 드는 설악산을 지척에 두고 눈앞이 캄캄했다.

궁하면 통한다던가. 역시 차를 놓치고, 걸어서 한 시간 반이나 걸린다는 산길을 걸어갈 요량인 스님들을 보자 어떤 희망이 번뜻

스쳤다. 일행은 만장일치의 눈빛으로, 외지에서 왔다는 스님 네 분을 구세주처럼 승용차에 모셨다. 순수한 마음이기보다는 승용차의 출입을 막는 매표소를 통과할 빌미를 삼기 위함이었다. 원칙대로 하려는 까칠한 매표소 직원에게 간곡히 사정한 끝에, 셔틀버스만이 허락된 길을 어렵사리 들어설 수 있었다. 의도야 어떠했든 갈 곳 막막하던 차에 스님들 덕을 본 셈이었다.

길을 허락받은 7인승 차는, 자신의 헤드라이트 불빛 하나에 의지한 채 아슬아슬한 외길 골짜기를 달렸다. 차가, 구불한 길에서 무게를 가누지 못해 기우뚱할 때마다 가슴이 서늘해졌다. 그러나 스님이 네 분이나 탔으니 부처의 보살핌이 있지 않을까 하고 믿는 마음이 생겼다.

여차여차 백담사 주차장에 도착해서야 안도의 숨이 내쉬어졌다. 스님들은 저녁공양부터 해야 된다며 벌써 저만치 가면서 빨리 오라고 손짓을 했다. 부랴부랴 스님들을 뒤따라가 이미 시간 지난 저녁공양을 했으니, 그 또한 스님 덕이었다. 차비치고는 꽤 쏠쏠했다.

절 마당에 서니 먼 심심산골에 있다는 것이 실감나지 않았다. 달이 유난히 둥글다 싶더니 마침 보름날이었다. 어디선가 나지막이 울리는 북소리에 이끌려 걸음을 옮겼다. 소리의 리듬이 점차 빨라졌다. 고도로 정제되고 절제된 소리였다. 소리의 진원지는 종각이었다. 사람들이 뿌연 달빛 아래로 가지런히 손 모으고 종각 주위에 장승처럼 서 있었다. 둘러선 사람들 사이에 나도 슬며시 끼어들었다.

강렬하고 힘찬 한바탕 소리의 파도가 지난 후 잔잔한 두드림으로 이윽고 소리가 멎었다. 밀려왔다 쓸려나가기를 반복하던 법고 소리가 멎자 범종이 울리기 시작했다. 징, 징…… 설악골을 따라 소리의 여음이 사라질 즈음이면 또 다시 쿵, 하고 심금을 울렸다. 가장 낮은 자세로 자신을 낮추는 때였다. 칠흑 같은 산중을 밝히는 보름달빛, 그 고요를 한층 깊게 하는 범종 소리에 만물이 경건해졌다.

범종은 절에서 사람을 모이게 하거나 시각을 알릴 때 주로 사용해 왔다. 점차 조석예불이나 의식 때에도 치게 됐다고 한다. 운판, 법고와 함께 중생을 구제한다는 의미를 담은 불구佛具다. 난생 처음 들어본 조석 범종 소리에 심중도 한결 고요해진 것 같다.

봉정암에서 하산하는 길이다. 되돌아 백담사로 내려오다 오세암 이정표 앞에서 잠시 마음이 흔들린다. 예까지 와서 지나쳐가자니 아쉬운 마음이 크다. 만해 한용운이 밤 좌선 중에 물건이 떨어지는 소리를 듣고 마음의 문을 열어, 의심하던 마음이 씻은 듯이 풀렸다는 오도송悟道-頌. 그 오도송을 남겼다는 오세암이어서일까. 그보다는 "밤은 얼마나 되었는지 모르겠습니다. 설악산의 무거운 그림자는 엷어갑니다. 새벽종을 기다리면서 붓을 던집니다."라는, 〈님의 침묵〉을 탈고하면서 남긴 이 말이 가슴에 와 닿아서일까.

인연 있는 중생이 아니면 발길 닿지 못한다는 오세암이다. 나와 인연 닿을 날을 기약하며 이정표를 지나온다.

극기 훈련

    직장에서 참여한 극기 훈련이다. 경주 소재 한 연수원 입구에서부터 지레 겁을 먹는다. 수련모임이라도 가는 것처럼 들뜬 기분도 단박에 움츠러들었다. 해병대복 차림의 건장한 교관들을 대면하고부터다. 극기체험을 시작도 하기 전 기선부터 제압당했다.

    입소식이 시작되자 겁없이 자유분방했던 연수생들은 말 잘 듣는 아이처럼 고분고분해졌다. 극기 훈련장엔 막 입소한 교육연수생과 훈련담당 교관 사이에 팽팽한 긴장감이 돈다. 챙겨간 간식과 휴대전화기, 남자들은 담배를 잠시 압수당했다. 내 몸을 며칠간 연수원에 저당 잡힌 신세가 되었다. 한 번쯤 체험해 보고 싶었던 훈련 과정들이 연수 일정표에 들어 있다. "안 되면 될 때까지.", "피할 수 없는 고통이라면 차라리 즐겨라."라는 구호만으로도 정신무장이 된다.

입고 온 옷 대신 지급된 군복으로 갈아입고 운동장에 집합하라는 명령이 떨어졌다. 감정이라곤 개입되지 않은 뻣뻣한 교관의 말투가 심상치않다. 장난이 아니란 것에 슬슬 겁을 먹는다. 모두가 군복으로 차려입으니 제법 훈련생 티가 난다. 제복이 주는 단합의 의미도 큰 것 같다. 한 몸처럼 움직여야 한다는 일체감과 연대감이 생긴다. "악" 하는 해병대식 구호복창, "필승"이라 외치며 거수경례하기 등등. 그때까지도 이 정도쯤이야 하는 여유로움이 있었다. 설마 젊은 교관이 누나뻘인 우리들에게 혹독하게야 대할까 하는 풀린 마음도 어느 정도 있었다.

하지만 그런 안이한 생각은 PT 체조 때부터 빗나가기 시작했다. 유격 훈련 때 몸을 풀기 위한 체조라는 PT 체조는 혼란 그 자체다. 별것 아닌 것 같은 체조에 몸동작도 남자들보다 반 박자 늦게 움직인다. 동작에 맞춰 구호까지 곁들이자니 서글프게도 몸 따로 마음 따로 움직인다. 정신을 똑바로 차려도 눈 깜짝할 새에 교관의 동작을 놓치고 만다.

역부족이란 말은 이럴 때 쓰는 말인가 보았다. 교관 눈치를 살피다 교관과 눈길이 마주친다. 소대장 완장까지 차고서 맨 앞자리에 선 체면이 말이 아니다. 벌 받을까 조마조마 눈치만 살피는데 교관은 슬쩍 넘어가 주는 눈치다. 멀뚱하게 서 있다 따라 하다를 반복한다.

수상 공동체 훈련을 앞두고 한 고무보트(IBS) 훈련은, 단결과

협동의 의미를 뼛속 깊이 체득시킨다. 100킬로그램 정도의 고무
보트를 머리 위로 치켜들고 행진하는 일은 인내심을 기르는 훈련
이다. 보트를 맞든 팀원 중에서 한 사람이라도 슬며시 힘을 빼버
리면 그만큼의 무게가 곧 팀원에게로 배분된다. 힘들다고 해서
양심을 속일 수는 없다. 고무보트를 머리 위로 들고 구령 맞춰
먼 길 돌아오며 지독한 고통을 맛본다. 보트를 떠받친 목이 뻐근
하다. 힘든 IBS 훈련으로 동료와의 사이가 한층 도타워졌다.

　잘 익은 시월의 볕이 훈련병들을 어루만진다. 그 볕이 시린 보
라색이나 주황색쯤 되는 것 같다. 구름 한 점 없는 하늘에서 쫙쫙
내리쬐는 농익은 볕에 벼가 잘 익어 가겠다. 주변 민가도 없는
조용한 가을 운동장에, 교관을 따라하는 훈련생들의 구호만 골
따라 낭랑하게 울려 퍼진다.

　이제 살 만하다고 한 숨 몰아쉴 때쯤이면 아득한 낭떠러지가
발 앞에 펼쳐지곤 했다. 그러나 나는 세상의 중심이었다. 나를
중심으로 세상을 보는 눈높이를 맞추면, 헤쳐나가지 못할 것은
없었다. 불행과 행복은 양면의 얼굴로 생성되는 거였다. 어떤 극
한의 상황도 나를 깊은 나락으로 몰진 못했다. 지난 삶을 덮쳤던
먹구름이 주마등처럼 스친다. 신은, 은혜 입을 그릇이 되나 보려
고 삶을 담금질한다지.

　다음날 있을 수상 훈련의 패들 젓는 법까지 익히고 나니 운동
장에 땅거미가 내린다. 산속이라 금방 한기가 든다. 오소소 춥다.
고향의 푸근한 해거름 녘이 노곤한 심신을 다독이며 떠오른다.

굴뚝에 밥 짓는 연기가 몽개몽개 피어오르고, 어머니는 집 밖에서 노는 나를 불러들였지. 고된 훈련에 지친 탓인가. 따뜻한 아랫목으로 누가 나를 좀 불러주었으면 좋겠다.

훈련 중간에 잠깐 주어지는 휴식시간이 천금처럼 값지다. 허기질 때 먹는 한 조각 빵만큼 귀하다. 갑작스런 훈련에 놀란 몸이 납덩이처럼 무겁다. 오뉴월에 진눈깨비 녹듯 휴식 시간이 지나가버린다. 집안일이며 두고 온 가족들을 떠올릴 겨를이 없다. 얼굴이 망가져도 상관없다. 맨땅에 주저앉아, 체통이고 뭐고 신체에 주어지는 혹독함 앞에 다들 입을 다문다.

취침시간은 열한 시다. 시계를 보니 하루 일정의 끝이 아직 감감하다. 저녁을 먹은 후에도 강행군이다. 해발 600미터 연수원에서 야간행군이 이어진다. 세상은 잠들어도 훈련소는 잠들지 않는다. 산길에 양쪽으로 나뉜 행렬은 앞사람의 발뒤축만 따라 걷는다. 깜깜한 산길을 걷는 야간행군은 고통의 시간이 아니라 사색을 위한 시간이다. 모두들 회한에 잠긴 사람처럼 묵묵히 걷는다. 길섶으로 드문드문 핀 구절초가, 마중을 나온 가족처럼 반갑다. 그 희미한 빛에 적잖이 위로가 된다.

둘째 날엔 래프팅과 서바이벌 게임, 산악 훈련이 기다리고 있다. 그러나 내일 일은 내일 걱정해도 늦지 않다. 피로가 쏟아졌지만 코골이가 심한 룸메이트 때문에 잠을 설친 것도 극기 훈련의 연장이었다.

"목소리가 작습니다. 잘할 수 있습니까?" "악!" "아직도 소리가 작습니다. 잘할 수 있습니까?” “악!” 그 ‘악’소리를 악으로 질러대 목이 칼칼하다. 이박 삼일간의 훈련을 마치고 돌아오는 차 안엔 언제 그랬냐는 듯 훈련 뒷얘기로 시끌하다. 근육들이 놀라 뻑적 지근하다. 그러나 정신은 말똥하니 생기가 돈다. 쉴 틈 없이 주어 진 신체 담금질이 머릿속 잡념을 몰아내게 했나 보다. 극기 훈련 을 받은 보람이 있다.

피할 수 없는 고통이라면 차라리 즐기자.

변산반도 따라

포구기행문을 읽던 중이다. 불현듯, 작가가 걸었던 길을 따라 자박자박 걸어보고 싶어졌다. 포구라는 말의 어감은 얼마나 따뜻하며 고즈넉한 낭만을 끌어안고 있는가.

가기로 한 번 맘먹으면 가봐야 직성이 풀리는 법이다. 맘에 품었던 곳이라면 그곳이 꼭 포구가 아니어도 좋았다. 포구를 핑계 삼아 변산반도로 떠났다.

부안의 연인 매창부터 찾아 나섰다. 조선시대 여류시인이자 기녀인 매창이 간 지 400여 년이 흘렀건만, 그 혼은 매창 뜸에 살아 그의 시와 사랑을 전하고 있었다. 뛰어난 시문과 가금歌琴으로 이름이 알려지자 명사와 시인 묵객들이 그와 교유를 원했으리. 그러나 매창이 정을 준 사람은 상민 출신인 유희경뿐이었다고 전한다.

역시 부안 시인인 신석정은 직소폭포, 매창, 유희경을 일컬어 부안 3절이라 이름 붙였다. 부안 사람들의 매창 사랑을 짐작게 한다. 시비마다 멈춰 서서 매창과 유희경, 그의 벗 허균의 시를 읊조린다. 서울로 가버린 유희경을 여러 해 만나지 못한 매창은, 임을 애타게 그리는 여러 편의 시를 지었다. 그 중 별리가의 절창으로 꼽히는 〈이화우梨花雨 흩날릴 제〉에는 과연 임을 그리는 절절함으로 가득하다.

그에 화답하는 "그대의 집은 부안에 있고/나의 집은 서울에 있어…"로 시작되는 유희경의 〈매창을 생각하며〉와, 마음을 열어 인생을 논한 시우詩友인 교산 허균의 〈매창의 죽음을 슬퍼하며〉 시비 앞에도 머문다. 이런 모양을 보았는지 공원에 자리 잡은 문화원의 한 직원이 다가왔다. 사무실로 안내하며 매창 시집을 주겠다고 한다. 좋아라고 폴짝폴짝 뛰어가 매창 시집을 받아드니, 사백 년 세월을 건너뛰어 그를 만난 듯 반갑다. 신석정 시집까지 덤으로 받자 여행의 기쁨도 배가 된다.

매창과 작별하고 채석강으로 향한다. 채석강에 와 보니 강은 없고 바다만 철썩인다. 채석강은 흐르는 강이 아니라 쌓여 있는 시간의 강이었다. 바다를 둘러친 기기묘묘한 층암절벽에 역사가 꾹꾹 눌려 있다. 감히 가늠할 수 없는 바위의 역사 앞에서 숙연해진다. 누가 이 앞에서 나이를 들먹이겠는가. 이곳엔 돌멩이조차 켜켜이 지층을 품고 있을 터다.

적잖은 서가다. 규모는 그리 크지 않으나 족히 십만 권쯤은 될 것 같다. 그곳에서 책을 한 권 빼내어 황혼을 바라보며 읽는 정취가 남다르다. 그렇게 앉아 있자니 갈매기도 책 한 페이지를 낭랑하게 낭송한다. 사는 게 별건가. 끼룩끼룩…….

변산-격포-궁항-상록-모항에 이르기까지, 서해안 따라 펼쳐진 너른 갯벌에 눈이 놀란다. 평야 같은 갯벌을 끼고 달리다 한 해수욕장 근처 펜션에 여장을 풀었다. 부안 재래시장에서 사온 죽합을 삶고 가져온 포도주로 친구들과 여행을 자축한다. 쉬 잠들지 못하는 밤이다. 불을 끄고 누웠는데 누군가 나지막이 노래를 부른다. 연분홍 치마가 봄바람에 휘날리더라~. 여흥에 겨운, 적막한 변산반도의 밤이 깊어갔다.

바닷가에서는 육지에서보다 일찍 동이 텄다. 덕분에 이른 시간에 선운사로 향한다. 선운사로 가는 길옆 계곡에 세상이 황홀한 꿈처럼 잠겨 있다. 돌멩이 하나 툭 던지면 산산이 부서질 꿈같다. 아닌 게 아니라 수면에 바람이 닿자 일장춘몽 같던 물속 세상이 순식간에 사라진다. 아서라, 환상일랑 버리고 네 선 눈앞이나 제대로 보라며 세상을 흩어놓는다.

선운사 뒷산 울울창창한 동백나무엔, 오백 년 수령의 나무가 품은 사연 같은, 진홍빛 동백꽃이 조롱조롱 피었다. 그 농익은 향에 선운사 법당 삼존불님 몽롱하시겠다. 발아래로 뭉툭 떨어진 동백꽃을 주워 향을 맡으니 과일 향내처럼 달콤하다. 샛노란 꽃술이 아직 생기 머금었다.

김유정 〈동백꽃〉 속 점순이가 불쑥 달려나온다. "나의 몸둥이도 겹쳐서 쓰러지며 한창 퍼드러진 노란 동백꽃 속으로 폭 파묻[1]"히고 싶고, "알싸한 그리고 향깃한 그 내움새에 나는 땅이 꺼지는 듯이 왼정신이 고만 아찔하[2]"고 싶어진다.

멀리 떨어져 있는 것은 본능적으로 그리운 모양이다. 많은 작가들이 그들 작품에 담았던 선운사 동백꽃. 그 동백나무가 옛 친구처럼 어른거리던 선운사다. 그 동백 숲에서 발길 돌리니 가슴에서 한 줄기 바람이 인다. 언뜻 돌아보니 동백나무는 묵묵히 배웅한다. 이삭 줍듯 많은 이들이 스쳐 지난 곳을 주워담고 돌아선다.

어둑한 창밖엔 빗방울이 듣나 보다. 차창 윈도브러시가 귀가를 재촉한다.

---

1),2) 김유정, <동백꽃> 중.

우포늪

봄이 기웃대는 우포늪엔 움 틔우는 소리 왁자하다. 새벽안개가 아침 햇살에 스러지듯 슬며시 겨울이 물러갔다. 늪 아래서 터질 것 같던 잉잉거림이 이제야 긴장을 풀어 돌돌 물결로 밀려든다.

동심처럼 해맑은 태초의 땅에, 성급한 내 마음처럼 성큼성큼 물이 오르고 있다. 휘늘어질 왕버들 가지에도, 지천으로 흐드러질 자운영 밭에도 생명의 기운이 왕성하다. 싱싱한 물이 오르면 우포늪은 활기찰 줄 알았다. 그러나 의외로 조용하다. 새들로 북적대던 겨울 소란스러움은 간데없고, 곧 뻗어오를 봄기운으로 만삭이다.

습지는 생명의 원천이다. 수많은 동식물의 원시성이 살아 있는 생명의 보금자리다. 보이는 것보다 보이지 않는 것이 더 많은 생명의 모태다. 무엇보다도 습지는 더러운 물을 정화하는 콩팥 역할을 한다.

세상 밖이 추위에 움츠려도 이곳은 생명이 꿈틀댄다. 이곳에 가을이 깊어 가면 겨울 철새가 비워둔 제 둥지처럼 찾아든다. 목숨 걸고 날아온 시베리아 철새들에게 아늑한 품이 되어줄 게다. 새장 속에서 기르는 철새도 계절이 바뀌어 이동시기가 되면, 날개를 푸드득거리며 불안감이나 초조감 등의 본능적인 반응을 보인다고 한다. 사람들이 명절 때 대이동을 하는 것도, 새의 귀소본능과 다르지 않다. 겨울 철새들이 툰드라의 자작나무 숲을 그리워할 동안, 늪은 그들을 품어 줄 안락한 둥지가 되어야 할 것이다.

이곳에서 단연 돋보이는 것은 새하얀 깃털의 큰고니이다. 큰고니의 비행엔 활주로가 필요하다. 시원한 우포늪 활주로를 따라 20~30여 미터를 달리다 물을 박차고 우아하게 날아오른다. 접었던 합죽선을 펼치듯 날개를 좍 펴면 다른 새들이 기가 죽겠다. 단연 군계일학이다. 군계일학이 제 아름다움을 맘껏 뽐내며 날면 우포의 하늘은 눈이 부시다. 다시 시베리아로 돌아가는 4,000킬로미터의 먼 여정. 기류 따라 하루 100킬로미터 이상을 비행할 새들이 이곳에 머무는 동안, 그들의 낙원이 되기를 바란다.

우포의 늪을 통칭하는 우포늪엔 우포와 목포, 사지포와 쪽지벌 등의 습지가 있다. 토평천이 만들어낸 소벌, 나무벌, 모래벌, 쪽지벌이다. 이 고유의 이름이 일제강점기 때 지금의 이름으로 명명

되었다고 한다. 관심 있는 혹자는, 일본식 지명을 버리고 고유의 이름을 찾자고 주장한다.

쪽지벌은 그 크기가 작아서 붙여졌을 이름이다. 왕버들과 물억새, 무더기로 자라는 이삭사초가 무성하다. 토평천으로 낙동강이 역류하면 이 일대가 전부 물에 잠긴다고 한다. 발 디디고 선 벌판이 물에 잠기는 상상을 하니 어지럽다. 범람을 증명하듯, 이삭사초 마른 풀 무더기가 한 방향으로 휩쓸린 흔적이 그대로다.

목포늪 마을 앞에서 볕 바라기를 하고 있던 노인을 만났다. 노인은 태어난 이래 팔십여 해를 쭉 그곳에서만 살았다고 한다. 세상 일에서 벗어난 사람처럼 노인은 그곳 풍경이 되어 있다. 새들도 그들을 경계하지 않는다. 그러나 이방인에게선 낯선 냄새라도 나는지 인기척에도 도망쳐버린다. 야속하다. 예민한 새들에게 다가서는 법부터 익혀야겠다. 그것은 마을 노인처럼 욕심 없이 그곳 풍경으로 녹아드는 일일 게다.

이곳에서는 나무가 물에서도 자란다. 명경 같은 수면에 바람이 닿으면 수면은 금방 찡그리며 나무를 지워버린다. 그 위로 오리 떼가 부챗살 물결을 만들며 달아난다. 사람이 오니 얼른 피하자고 저들끼리 신호라도 보내는 모양이다. 새를 보러 온 내가 새 잡는 사람쯤으로 보이나 보다.

늪을 따라 걷다 보면 흥미로운 광경을 만난다. 큰고니 무리는 번갈아 엉덩이를 살래살래 흔들며 물속을 파헤치는 동작을 한다. 그리고는 곧 물구나무를 선다. 먹이를 찾는 자맥질이다. 날갯죽지 삐죽한 엉덩이를 하늘로 치켜들고, 짧은 두 다리로는 수면을 파닥이며 자세의 균형을 잡는 양이 우스꽝스럽다. 그 행동은, 물 위를 우아하게 미끄러지던 그 고니의 모습이 아니다. 먹고 살기 위해서라면 체통 따윈 중요하지 않다.

지난 2008년 10월에 우포에서 개최된 람사르 총회는, 우포의 생태적 가치를 널리 알리는 계기였다. 총회 이후 우포늪을 찾는 방문객이 부쩍 는 모양이다. 주차장엔 차들이 빼곡하다. 어린이 단체 방문객도 눈에 띈다. 새들의 보금자리가, 자칫 사람들의 관광지로 비춰질까 하는 염려가 슬며시 고개를 든다.

이 우포늪에 블루길, 배스, 뉴트리아 같은 외래종 어류들이 들어와 이곳 생물을 마구 먹어 치운다고 한다. 이곳 지킴이들의 꾸준한 관리가 우포늪을 지키고 있다. 잊어선 안 될 게 있다. 우포늪에서는 사람도 자연의 일부라는 점이다. 수많은 생물의 보고인 우포늪은, 결국 인간을 위해 보존되어야 할 자연의 마지막 보고인지도 모른다.

한때 묵은 손님처럼 겨울이 떠나고, 봄이 오는 말간 길목에는 뜬금없이 우포에 있고 싶다. 미적대는 겨울바람에, 붉은 황토 바닥이 봄바람에 들쑤셔진 마음처럼 자글거릴 사월에는 우포에 있고 싶다. 오래된 습관처럼 불쑥 가방을 싸던 느닷없음으로 때때로 우포를 향한다.

봄을 버티는 덩그런 기러기, 귀향 무리 놓치고 허둥대는 눈빛이 망연하다. 내게, 저 기러기만큼 삶을 걸 간절한 게 있긴 한가. 수

억 년의 전설이 꼬물거리는 곳. 물에 잠긴 산이 마음의 눈으로
보이는 곳. 우포에서는 그 모든 것을 마주하고도 마주한 그것이
그립다.

운문사보다 온천

어찌되었건 개운하다. 문학기행이란 타이틀로 성지순례를 마치고 온천욕까지 하고 나니 걸음도 사뿟사뿟 가볍다.

속한 한 문학단체에서 운문사에 간다기에 따라나선 길이다. 어느 여름, 눈부시게 하얀 배롱나무 꽃이 인상적이었던 운문사다. 일반인들에게는 처진 소나무로 더 잘 알려져 있다. 일연 선사가 운문사 주지에 추대된 후 ≪삼국유사≫를 집필한 유서가 깃든 곳이다.

지금은 학승들이 경학을 공부하는, 우리나라 최대의 비구니 교육기관이 자리하고 있다. "하루 일하지 않으면 하루 먹지 않는다."는 백장청규百丈淸規*를 철저히 실천한다는 곳이다. 나지막한

---

* 중국 당나라의 중 백장이 처음으로 선종(禪宗)의 의식과 규율을 정한 책.

사립문 안쪽의 승가대학은 일반인 출입통제 구역이어서인지 더욱 호기심을 부추긴다.

여행길엔 종종 변수가 생긴다. 순교자 성지를 둘러본 후 예정한 시간을 넘기자 운문사행이 도마 위에 오른다. 운문사 때문에 따라나선 사람의 속 타는 심정을 알아줄 리 없다. 그렇다고 대놓고 투덜댈 자리도 못 된다. 온천욕을 앞두고 회원들의 의견이 분분하다. 먼 길 오기가 쉽지 않은데 온천욕을 한 시간 만에 끝낸다는 건 너무 아깝다는 것이다. 그러자 맞는 말이라며 하나 둘 동조하는 분위기가 된다. 잔뜩 벼르고 있던 운문사행이 취소될 기미에, 풍선 속 바람이 새듯 기대한 것이 빠져나간 기분이다. 일행 중 막내 격인 친구와 나는 눈짓으로 툴툴대며 어른들의 뜻을 따를 수밖에 없다.

운문사와 운문산 사이를 흐르는 개울. 그 개울에 현세와 내세를 잇는 듯 걸쳐진 극락교. 그 둘레로 어른 키보다 낮게 운문사를 둘러친, 세월의 이끼 무성한 돌담. 실은 배롱나무도 처진 소나무도 아닌 그 돌담이 눈에 삼삼했다. 그런데 꿈꾼 그 일이 물거품 되자 온천욕이란 말에도 시큰둥해진다.

그러나 기실 운문사를 가고자 했던 더 큰 이유가 있었다. 돌담 운운은 부수적인 것일 뿐, 운문사를 간다고 할 적부터 허물없이 지내는 한 친구를 떠올리고 있었다. 친구에겐 평범하지 않은 길로 들어선 딸이 있다. 사범대학을 잘 다니던 그 딸은 교사의 길을 박차고 학교에서 자퇴를 했다. 승려가 되겠다는 것이 그 이유였다. 마른하늘에 날벼락이라 하더니, 친구에게 닥친 일이 바로 같은 충격이 아니었나 싶다.

친구의 마르지 않는 눈물을 뒤로한 채 그 딸은 승가대학에서 수업을 착실히 받고 있다고 했다. 사미니계를 받고 승려의 길로 입문한 딸이, 엄마라고 부르던 호칭을 어머니라고 부를 때 너무 생소해서 친구는 눈물이 나더라고 했다. 비구니 승가대학이 있는 운문사에 솔깃했던 것은, 딸 이름만 들먹여도 눈물을 글썽이는 그 친구 생각에서였을 것이다.

온천목욕탕에 들어서자 유황성분이라는 천연수 증기가 뽀얗게 덮친다. 뜨끈한 온천수에 몸을 담그니 자궁 속 태아처럼 평온하다. 무장해제한 나른함에 푹 젖어든다. 체온보다 훨씬 높은 온도의 물속에서 시원하다는 말이 저절로 나온다. 뜨겁다 하지 않고 시원하다 말하니 이는 우리 말의 아이러니다.

탕 속에서 신경을 곤두세우는 일은 쉽지 않을 것 같다. 느슨하게 풀린 말초신경이 주인이 조이는 대로 따라주지 않을 것 같기 때문이다. 남자들에게는 사우나 비즈니스가 통하는 모양이다. 이는 가장 원초적인 모습으로 다가가는 비즈니스 수단이 아닌가 싶다. 점심때의 차 한 잔보다 저녁때의 차 한 잔이, 저녁의 차 한 잔보다는 식사 한 번 하는 것이 서로를 밀착시켜 주는 효과가 크다고 한다. 하물며 발가벗은 모습으로 무얼 숨기고 뻗대고 할 게 있겠는가.

습한 방, 마른 방, 고온 방, 수면 방, 노천온탕, 냉탕. 시큰둥하게 온천탕에 들어갔던 친구와 나는 다양한 효과를 체험하랴 이 방 저 방으로 바쁘다. 게르마늄과 유황 성분이 함유되었다는 온천수의 약알칼리 성분 때문인가. 손바닥으로 쓰다듬는 피부 결이 아기피부처럼 보들보들 매끄럽다. 들어설 때의 불퉁함도 증기에 희석되었다. 온천욕도 해볼 만하다며 변덕쟁이처럼 화색이 돈다. 운문사에 가지 못해 아쉬웠던 마음도 온천수에 이미 녹았다.

　남의 아들 군대 갔다 오는 건 순식간이다. 당사자가 아닌 이에게는 그만큼 피부에 와 닿지 않기 때문일 것이다. 친구 딸도 어느덧 4년여의 기본교육을 이수하고 정식 승려가 되는 절차인 구족계具足戒를 받을 거라고 한다. 그간의 세월에 친구도 많이 편안해졌다. 방학 때 두어 번 휴가 오는 딸을 만나는 기쁨이 크다고 한다. 이제 사찰을 찾는 친구의 발걸음도 가벼울 것 같다.

　운문사 천 년의 이끼도 나날이 창창해질 터다. 친구 딸이 들어선 승려의 길도 탄탄하기를 바란다. 운문사가 아닌 온천이었지만 개운해졌으면 된 게다.

재첩잡이

술렁술렁 좀이 쑤시던 터다. 섬진강 재첩잡이가 막바지라고 전하는 리포터의 팔팔한 소식이 강바람에 실려 온다. 섬진강에서 재첩을 잡는 사람들이 모니터에 가득하다. 마음은 벌써 섬진강으로 달려가고 있다.

하동 신기리 섬진강변이다. 섬진강이 좋아 몇 번 오게 되면서 친숙해진 곳이다. 바닷물이 올라와 강과 만나는 이 지역은 예부터 재첩이 많이 잡혔다. 모래가 많고 물이 맑으며 염도가 적절해, 20년 전만 해도 강바닥을 긁어낸 다음날에도 까맣게 재첩이 올라왔다고 한다. 그러나 인근에 제철소가 들어서면서 수온이 올라가고 물이 짜져 재첩 수확이 예전 같지 않다고 한다.

재첩잡이를 가까이서 보려고 맨발로 모래밭으로 내려섰다. 참

찹하고 보드라운 모래 알갱이의 감촉에 신경이 발쪽으로 일순 쏠린다. 늘 갇혀 있던 발의 해방감에 모래밭을 마구 뛰어다니고 싶어진다. 걷다가 뒤돌아보니 쫄래쫄래 따라온 발자국이 덩달아 걸음을 멈추고선 나를 물끄럼말끄럼 바라본다. 모래톱 끝 지점에 이르니 물살이 강바닥을 훑으며 돌돌 쓸려나간다. 그것은 잠시도 쉬지 않고 흐르는 시간이다. 섬진강이 바다로 이르는 길인 망덕 포구가 강물을 삼키는 때인가 보다.

재첩 잡는 사람들이 눈앞으로 가까워졌다. 남녀 구별이 없다. 전신 물옷에, 챙 넓은 모자와 수건으로 얼굴을 감싼 채 구경꾼 따위엔 관심이 없다. 수확의 들판인 강바닥에서 재첩을 긁어모으는 가쁜 숨소리가 강물에 섞인다. 빈둥대며 구경하자니 미안해진다.

거랭이라는, 긴 막대 끝에 달린 바닥 평평한 삼태기 모양의 철제 망이 재첩을 잡는 도구다. 손잡이를 요령 있게 흔들어 모래를 긁어 모은 다음, 체에 담아 흔들면 돌과 재첩이 선별되었다. 듬성한 철제 망을 통해 알이 작은 재첩은 빠져나가고 일정한 크기 이상만 남았다.

그렇게 잡은 재첩으로 자식 공부시키고 다 했다며, 유유히 흐르는 섬진강을 바라보는 아낙 눈 속에도 강이 흐른다. 모래로 채워진 망을 물속에서 설렁설렁 흔들자 노다지 같은 재첩이 씨알처럼 반짝인다. 알이 자잘하고 여문 것이 토종재첩답다. 이에 비해 수입산은 대체로 크고 성장 맥이 굵고 거칠다. 조개껍데기에도 광택이 없다.

작업을 하던 아낙이 재첩을 담아두는 큰 함지박을 좀 밀어 달라고 한다. 구경 값이다. 함지박을 옮겨 다니자니 힘이 든다며, 옮겨 줄 동안 허리를 펴고 숨을 고른다. 자외선 물씬 품은 강바람과 볕을 가린 모자 속으로 보이는 눈망울이 선하다. 까만 눈빛이 재첩을 닮았다. 자신이 힘들어도 자식들만은 훌륭하게 키우겠다는 집념이 담겨 있다.

함지박엔 아침나절 채취했다는 재첩이 두세 되 남짓 되겠다. 종일 작업을 해야 기껏 한 말쯤의 재첩을 잡을 수 있다고, 예순 넘어 보이는 아낙은 일손을 멈추지 않고 말한다. 섬진강은 진안 데미샘에서 발원해 너울너울 남해로 흘러든다. 강을 끼고 살아가는 사람들의 젖줄이다.

재첩국을 먹으러 한 식당에 들렀다. 마침 한 손님과 식당 주인이 재첩의 원산지 문제로 가벼운 실랑이를 벌이고 있었다. 요즘, 국산 재첩이 어디 있냐는 손님 말에 주인은 버럭 목소리를 높인다. 당신 같은 사람들 때문에 토종재첩이 대접을 받지 못하고 수입재첩의 틈바구니에서 고전하고 있다며 흥분한다.

예부터 낙동강 재첩이 유명했다고 한다. 그러나 요즘은 그 명성이 사라졌다. 섬진강 재첩에 자리를 내어준 것인지 식당들도 온통 하동 재첩만 들먹인다. 재첩국은 섬진강을 끼고 사는 하동 사람들에게 힘찬 하루를 열어준다. 이른 아침 시원한 재첩국 한 그릇 벌컥벌컥 들이키면 그들의 하루도 열린다. 하동 시외버스터

미널 근처의 길거리 재첩국을 꼭 먹어 볼 일이다. 촌부가 담아주는 한 대접의 재첩국을 쪼그리고 먹는 맛이 진하고 시원하다.

갱조개로도 불리는 재첩이다. 재치국이 어원 변화를 일으켜 생겼다는 재첩국이다. 재치조개는 너무 작아서 살을 발라 먹기 어려워 째마리라고도 불렸다. 그러나 영양가는 생긴 것에 비해 바지락보다 세 배나 높다고 한다. 보잘것없는 겉모양이라고 제 몫은 톡톡히 하나 보다.

재첩은 간 기능을 향상시키고 황달을 치유한다고 동의보감에서도 인정한 바 있다. 수입산처럼 허우대만 말짱하다고 그 속가치까지 비례하지는 않는 모양이다. 사람도 제대로 된 사람이라면, 번드레한 겉치레보다는 실속을 따지는 게 먼저일 게다. 토종재첩의 모양새가 좀 작고 볼품없으면 어떤가. 그것이 진국이라는 데야.

식당 주인은 뒤뜰에서 큰 솥 가득 끓이는 중인 재첩국을 구경시킨다. 모범 식당이라는 간판이 붙은 그 식당에서 관광기념품처럼 재첩국을 샀다. 주인의 재첩사랑 열변을 듣고 나자 틀림없는 진짜배기 섬진강 토종재첩으로 믿겨서다. 플라스틱 통으로 내비치는 파르스름한 국물과 소복이 가라앉은 재첩알이 알짜 보약 같다. 따끈한 국물에 부추 송송 썰어 넣어 궁합 맞춰 먹으면 좋겠다.

해가 기우는 강엔 재첩 잡는 사람들이 여태 점점이 떠 있다. 〈이삭 줍는 사람들〉이란 밀레 그림이 섬진강에 있다. 그들 삶이다. 들썩이던 마음을 섬진강에 부려놓고 돌아온다.

入門

　신인상 시상식이 열리는 통영 행사장이다. 신인상을 받으러 왔다. 글쓰기에 뜻을 둔 지 십여 해 만이다. 뜻을 내치지도 못하고 대열에 합류하지도 못했던 어정쩡한 시간에 종지부를 찍는 날이다.

　신인상은 당당하게 글을 써 보라고 펴 주는 자리다. 신인상 수상작이 본인의 대표작이 되는 경우도 있다는 말을 들었다. 글을 쓰는 동안엔 기억해야 할 조언이 아닌가 싶다. 등단은 끝이 아니라 대장정에 들어서는 시작에 불과하다. 그 첫걸음을 내디디며 각오를 단단히 한다.

　바다를 낀 도시 통영의 첫인상은 아담하고 포근하다. 소도시답게 아늑하여 낯선 도시임에도 낯설지가 않다. 아이들과 함께 한 여행길이다. 같은 방에 묵은 선배들의 얘기를 귀담아듣는다. 통영의 밤은 들떠 있다. 해풍이 살랑대는 야외 호프축제 마당에는 여행객의 감흥을 부추기는 연주가 분위기를 한껏 띄운다. 일행은 그 유혹을 버티지 못해 마당으로 몰려가 밤바다로 울려 퍼지는 노랫소리에 섞여든다. 같은 길을 걷는 마음 통하는 사람끼리, 낯선 도시에서 생맥주를 들이키는 맛도 괜찮다. 숙소엔 동양의 나폴리라는 통영 바다를 창밖에 두고 도란도란 얘기들이 정답다.

외지에서 맞는 아침이다. 오래전부터 차곡차곡 다져온 꿈을 통영 바다에 펼쳐놓는다. 그런데 일정은 어떻게 하라고 창문으로 비가 빗금을 긋고 있다. 통영 바다는 흐린 청록색으로 넘실댄다. 빗발은 점점 거세어지고 바람까지 가세한다. 창 밑에서 철썩이는 파도를 보며 이 정도 날씨면 해금강으로 가는 유람선 타는 일은 취소가 되지 싶었다. 그런데 멀미약과 비옷을 나누어 준다. 하긴 전국에서 이 아름다운 바다를 찾아온 이들이 유람선을 타지 못하면 실망이 크겠다. 비에 흠뻑 젖은 제승당이며 매물도, 해금강을 눈에 담을 수 있다면야 까짓 멀미를 좀 하면 어떤가.

유람선에 오르기도 전 바짓가랑이가 축축이 젖었다. 비옷도 소용이 없다. 멀미약도 일찌감치 먹은 터다. 으르렁대는 파도 위를 유람선은 춤을 추며 달렸다. 파고 따라 흔들리는 선실에서, 비 내리는 매물도와 거제 해금강을 감히 탐해선 안 될 것처럼 멀찌가니 감상한다. 손 내밀어 잡지 못하는 먼 사람을 바라보는 기분이다. 이순신 장군이 삼도 수군을 지휘하던 제승당에 내리려 하나, 출렁이는 파도는 십자 동굴 주변엔 접근조차 할 수 없게 한다. 언어의 성을 쌓는 사람들이지만, 어떤 말로도 성난 바다를 잠재우지 못한다. 바다에 묵묵히 몸을 맡긴다.

대매물도·소매물도·등대도로 이루어진 매물도를 지날 때에는, 이국의 해안 같은 운치에 홀려 비가 흩뿌리는 갑판으로 나갔다. 눈앞에 펼쳐지는 기이한 바위와 깎아지른 듯한 낭떠러지에 감탄이 터진다. 비에 촉촉이 젖은 섬 풍경은 다가서지 못해 더 아까운 비경이다. 다행인 것은 멀미약의 효과다. 몽롱하니 약에 취한 느낌이어도 좋았다. 멀미약이 없었다면 운치고 뭐고 출렁이는 배 안에서 괴롭기만 했을 게다.

글을 쓰는 일은 누에가 고치 실을 뽑아내는 것과 닮았다. 깨알 같은 누에씨가 부화하면 초벌, 두 벌, 세 벌 잠을 거치면서 많은 양의 뽕잎을 먹는다. 누에 유충은 한 번 잠을 잘 때마다 쑥쑥 자라 한 달여 만에 손가락만 한 성충이 된다. 누에가 갉아 먹은 뽕잎은 그 몸속에서 고운 명주실의 원료가 된다. 경험과 지식과 사고가 잘 삭아 좋은 글의 재료가 되듯.

수천 마리 누에가 동시에 뽕잎을 갉아먹으면 가랑잎에 실비 내리는 소리가 들렸다. 많은 누에가 동시에 내는 빗소리였다. 마지막 한 잠까지 자고 나면 누에는 머리를 허공에 내두르기 시작한다. 입으로 실을 토해 제 집을 짓기 시작하는 것이다. 훤히 비치던 제 집이 차츰 두꺼워지면서 누에는 그 속으로 완전히 몸을 감춘다. 제 몸을 토해 고치 솜을 만들고는 나방이 되기 위한 번데기로 돌아간다.

누에씨가 실을 뽑기까지의 한 달여는 번데기가 되기 위한 과정이다. 누에가 뽕잎을 먹고 그 먹은 것으로 둥지를 만드는 일은, 나를 풀어내는 글 쓰는 일과 크게 다르지 않다. 누에는 먹은 뽕잎으로 집을 짓고, 나는 삶 속에 녹은 언어의 실을 뽑아 고치 솜 같은 내 글 집을 짓는다.

여행은 즐겁다. 그러나 글을 쓰는 일은 여행을 하는 것처럼 쉽지는 않을 것이다. 신인상은 그 상이 안겨주는 감격 못지않게 부담감도 덤으로 주는 것 같다. 그만큼의 책임감도 동반시킨다. 갈수록 머나먼 길이 남아 있을 것이라는 것도 아직 알지 못한다. 스스로 깨우치고 적응해 가야 할 먼 길의 출발점에서 마음가짐이 새롭다.

문단에 첫발을 내디딘 날, 멀미 증상처럼 울렁증이 인다. 첫 마음이 쭉 이어지기를 바란다.

5부
Serenade

Serenade | 느티나무처럼 | 그 오랜 골목
빈자리 | 오월엔 행복하자 | 반지처럼 | 풍경 한 폭
제祭 후 | 워낭소리 | 만추晚秋를 그리다

Serenade

꽃다발 하나가 수줍게 고개를 들이민다. 꽃다발이 아니라 뭉뚱 그려 움켜진 꽃묶음이다. 술기운으로 달아오른 남편 얼굴은 뒷전 이고 내 시선은 꽃에 쏠려 있다. 생전 하지 않던 그의 행동에 가슴 이 콩닥거리고 잔잔한 흥분이 인다.

꽃을 들고 온 것이 머쓱한지 그 몸짓도 어색하다. 새카맣게 그 을린 그의 얼굴과 화사한 꽃을 번갈아 바라보던 나도 잠시 주춤거 린다. 감정표현이 서툰 그에게도 꽃이란 것이 눈에 들어왔던가 싶다. 그의 구릿빛 얼굴을 배경으로 더욱 함초롬한 꽃이, 어서 받아달라고 바라보는 눈빛이 애절하다.

그의 손에 불끈 쥐였던 꽃이 내 가슴에 덜렁 안긴다. 얼떨결에 내 품에 온 백합과 장미가 감미로운 향을 풍긴다. 잠자던 후각신경이 부스스 깨어난다. 투박한 손에서 벗어나 이제야 숨 좀 쉬겠다며 나풀나풀 숨을 쉰다. 보아하니 개업한 가게의 화환에서 뽑아왔음 직하다. 어찌되었든 그로부터 꽃 한 송이 받아본 기억이 없는 나는, 생전처음이라는 의미를 새기고 있다. 평소 드러내지 않던 마음의 꽃일 것이라 여긴다. 풀풀 풍기는 술 냄새도 꽃향기에 묻혔다. 취한 손아귀로 꽉 쥐었을 꽃줄기에 짙은 멍이 들었다.

화환에서 뜨거운 한나절을 버티었을 꽃이 안쓰럽다. 늘어진 이파리와 시든 꽃을 물에 어서 풍덩 담가주고 싶어진다. 여과되지 않은 땡볕을 너끈히 견뎠을 그의 모습이다. 그는 어쩌면 동병상련의 마음으로, 뿌리 댕강 잘려 화환에 장식된 꽃을 거두어 왔는지도 모른다. 처진 줄기와 잎을 떼어내고 물 담은 꽃병에 얼른 꽂아 생기 머금게 한다. 그리고 아무렇지 않은 듯 저녁상을 준비한다.

꽃 한 송이도 쑥스러워 들고 오지 못한 사람. 생일 때조차 엎드려 절 받기로 언뜻언뜻 언급해도 눈 딱 감고 빈손으로 오는 사람. 그런 그가 뭇 시선도 아랑곳하지 않고 꽃을 뽑아 들고 오는 상상을 하니, 세월 따라 사람도 변하는가 싶어진다. 비록 개업 가게의 꽃일지언정 챙겨온 마음은 고스란히 담아놓는다.

언젠가 버스정류장에서였다. 자동차도 제 집을 찾아 종종걸음 치는 이슥한 시간이었다. 어디선가 쓰러질 듯 비틀거리며 술 취한 한 남자가 나타났다. 남자는 전봇대 앞에서 걸음을 멈추더니 흐느적거리는 몸을 쓰러지지 않으려 안간힘을 썼다. 버스를 기다리던 사람들의 시선이 그 남자에게로 쏠렸다. 설마 전봇대에다 윗옷을 벗어 거는 건 아니겠지. 야릇한 기대와 우려도 잠시였다. 남자 몸을 애써 지탱하던 무릎이 풀썩 꺾이면서 시멘트 보도블록에 그대로 주저앉아 버렸다.

남자는 앉은 채로 잠이 들었는지 바닥에 닿을 듯 숙인 얼굴은 꿈쩍도 하지 않았다. 꿈결처럼 실루엣으로 스쳐 지나는 사람들이 보든 말든 에라, 모르겠다. 될 대로 되어버려라. 뜻대로 되지 않는 취한 세상아, 핑핑 돌아라. 자동차 경적소리를 가물가물 들으며 세상을 향해 소리치고 있을지도 몰랐다. 혹 아슬아슬 버티던 이성의 한 가닥 끈마저 끊겨, 무성영화 같은 도심의 밤하늘을 환각 상태로 훨훨 날고 있지는 않았을까.

문득 술에 의식이 해체되어 버린 사람의 머릿속이 궁금해졌다. 고달픈 현실로 퍼뜩 돌아오고 싶지 않아, 알코올을 핑계 삼아 버젓이 의식을 놓아버리는 건 아닐지.

말끔한 양복과 와이셔츠, 검정색 양말과 구두. 나는 왜, 그 남자를 기다리는 여자가 생각났는지 모르겠다. 그뿐만이 아니다. 안 팎 체통도 내던지고 길바닥에 철퍼덕 자신을 던져버린 남자에게서 턱없이 내 남편을 떠올리고 있었다. 세상에 술이라는 게 없다면 좀 삭막할까. 삶의 영양제처럼 술을 즐겨 마셔 온 남편도 취해 저런 모습으로 퍼져버린 적은 없을까. 생각이 거기에 미치자 남자를 일으켜 세우고 싶은 충동이 불쑥 일었다.

그때 남자의 양복 주머니에서 누군가가 애타게 찾는 전화벨이 울렸다. 전화는 저 혼자 울다 멎고, 다시 울리다가 멎었다. 시간이 꽤 지났을 때 남자는 뭔가 생각난 것처럼 벌떡 몸을 일으켰다. 그리고는 멀뚱멀뚱 기억의 나침반을 더듬는가 싶더니 왔던 곳으로 멀어져 갔다. 엎어질 듯 고개를 꺾은, 익숙한 뒷모습의 한 남자가 비틀비틀 걸어가고 있었다.

남자의 모노드라마는 어떻게 막이 내렸을지 궁금하다. 그 남자도 집으로 가는 길 어디쯤의 개업 집 화환에서 꽃 한 줌 뽑아들고 간 것은 아닐까. 꽃부터 쓱 들이밀면 얼큰한 얼굴이 문제되랴.

나는 웬 꽃인가 묻지 않았다. 그도 꽃에 대해 아무 말이 없다. 그러나 다음날도 그 다음날도 꽃은 꽃병에서 화사하다. 한동안 집안을 환하게 밝혀줄 게다. 가끔, 시든 꽃을 골라내고 꽃을 좀 더 오래 보기 위해 물에 얼음도 띄워 준다. 꽃을 안겨준 마음에 대한 답례다. 이런 속내를 그가 알 리 없다. 그래도 우린 무심한 듯 아닌 듯 스물 몇 해를 나무처럼 마주보며 살아왔다.

그의 얼근한 얼굴이 불쑥 들어설 것만 같은 저녁 무렵이다. 이제 내가 꽃다발을 준비할 때다.

느티나무처럼

    그는 고향의 터줏대감이다. 마을의 수문장이며 내 마음속에도 자라고 있는 나무다. 그 그늘엔 돌아가신 할아버지가 계셨고, 지금은 아버지가 계신다. 차를 타고 가거나 걸어서 가거나, 그 나무를 지나치지 않고서는 마을로 들어갈 길이 없다.

    고향마을은 마을 들머리에 표지판이 없으면 그곳에 마을이 있는지조차 알 수 없는 곳이다. 세상을 비켜 꼭꼭 숨어 있다. 큰 신작로에서 살짝 가지 뻗친, 비밀통로 같은 후미진 길을 따라가면 길 끝 산모퉁이에 다다른다. 그곳을 돌아서면 저만치 산자락 아래로 옹기종기 모여 앉은 마을이 시야에 들어온다. 머리카락 주뼛 서는 밤, 으슥한 모퉁이 돌아설 때 멀리 깜빡이는 마을 불빛이 마중 나온 어머니처럼 반갑던 마을이다.

내가 어릴 적 그 아름드리 둥치는 팔을 두 번은 돌려야 닿을 만큼 굵었다. 지금도 여전히 사방 치렁치렁한 가지를 늘어뜨리고 넉넉한 그늘을 드리운다. 마을의 역사가 된 나무다. 그 나무 아래에서 한가롭게 담소하는 동네 어른들 모습은 언제 봐도 낯익다. 김홍도 풍속화 속 풍경 같다. 자식들은 나무그늘을 지나 동네를 드나들 때 어른들에게 막걸리 값을 내어놓기도 한다.

먼 데로 보따리 장사를 떠난 어머니를 기다리던 곳도 그 나무 아래다. 눈빛이 초롱한 촌 아이는 해가 저물도록 공기놀이를 하며 어머니를 기다렸다. 해거름 녘 모퉁이를 막 돌아오는 한 사람이 자그맣게 보이고, 그 모습이 점점 가까워져 어머니인 것이 분명해지면 반가움에 눈물부터 핑 돌았다. 눈물 들키는 게 부끄러워, 입고 있던 무명 검정치마를 홀랑 뒤집어쓰고는 울지 않은 척했다.

어머니는 읍내 장날이면 새벽에 채소를 뜯어와 마당에 펼쳐놓고 다듬으셨다. 한 다발씩 묶으며 얼마를 받을까 셈하셨을 것이다. 무거운 채소 보따리를 머리에 이고 20리 길을 걸어서 읍내 장에 간 어머니는, 해가 뉘엿뉘엿 넘어갈 때쯤 돌아오셨다. 종일 어머니를 기다리며 놀던 나는 노곤한 어머니의 모습은 뒷전이었다. 보따리 속에 든 과자나 사탕 등의 먹을거리에 마음이 가 있었다.

그런데 당신은 아버지와 들에 나가다 경운기 전복 사고로 팔에 깁스를 하고 계셨다. 걱정할까 봐 연락조차 하지 않으셨다. 읍내에서 사 간 수박을 먹으며 그간의 회포를 푼다. 아버지는 옆집에 사는 작은아버지를 불러 딸이 사 온 거라며 청주로 대작하신다. 아버지의 볼이 홀쭉하시다. 팔순이 다 된 연세에도 손 놓지 못하는 농사일 탓이리.

한 숨 돌리고 나면 집안 청소를 시작한다. 흙으로 서걱거리는 방을 닦고, 때 묻은 컵이며 술잔과 커피잔도 말갛게 씻고 행주도 삶는다. 냉장고 청소도 빼놓지 않고 한다. 반찬 통을 전부 끄집어 내고 선반과 칸막이까지 다 들어내서 눌어붙은 때를 수세미로 문질러 씻는다. 어머닌 미안한 듯 흐뭇한 듯 함박 미소를 머금고는 대충대충 하라 하신다.

점심 먹은 지가 얼마나 지났다고 어머니는 저녁 찬거리 걱정이시다. 딸이 왔다고 신경을 쓰신다. 저녁 반찬으로 냉장고에 있는 것만으로도 충분하다. 마늘장아찌에 배추생절이, 청국장, 김장김치와 잘 삭은 무김치, 나박김치에 돼지 두루치기까지 있다. 그래도 어머닌 반찬도 없이 뭐하고 밥 먹었냐고 하신다.

설거지를 끝낸 후 가마솥으로 갔다. 솥엔 뜨거운 물이 찰랑찰랑 데워져 있다. 보일러 기름 아낄 걱정없이 개운하게 씻기엔 그만이다. 여름엔 쇠죽을 끓이지 않지만 허리 아픈 어머닐 생각해 아버지가 저녁마다 군불을 지피셨다. 불 땐 방엔 막 바른 흙벽처럼 매콤한 흙냄새가 솔솔 났다. 그 방에 부모님과 나란히 누웠다.

부모님과 얼굴 맞댈 시간이 얼마나 될까. 하루가 다르게 기력이 쇠약해지는 당신들 모습을 보면 세월의 덧없음이 구슬프다. 붙들 수 없는 시간이 야속하다. 아버지의 기억력은 어린아이처럼 떨어져 있다. 어느 날엔 이 딸을 기억 못하는 게 아닐까 싶은 두려움에 마음이 착잡하다. 아버지는 평생 일하는 모습으로, 마을 앞 무성한 느티나무처럼 자식들을 거두고 지켜주셨다. 그런 아버지는 평생 등 굽지 않고 꼿꼿하실 줄 알았다. 그런데 이제 보니 새우처럼 등이 굽고 노쇠하시다.

어머니는 이 딸 덕분에 수월했다 하신다. 모처럼 딸 노릇을 한 모양이다. 날 잡아 온 며칠 말미가 후딱 지나갔다. 숱한 작별을 지켜봐 온 터줏대감도 안타까워지는 때다. 어린 딸이, 장에 간 어머니를 기다리던 바로 그 나무 아래에서, 이젠 그 나무처럼 늙은 어머니가 나이 든 딸을 기다리고 배웅하신다.

그분을 남겨두고 산모퉁이를 돌아 나온다. 제트비행기가 남긴 구름처럼 두고 온 마음이 길게 마을로 닿는다. 당신은 내 시야에서 사라질 때까지 한 점으로 서 있으셨다. 내 마음의 터줏대감으로.

그 오랜 골목

골목을 따라가면 집이 나온다. 골목은 집을 품고, 집은 사람을 품는다. 긴 골목이 끝나는 곳에 우리 집이 있었다. 그 골목에 들어서면 언제나, 키 둘러쓰고 뒷집에 소금 얻으러 가던 오줌싸개 내가 보였다.

스무 해 가까이 드나들었던 골목이다. 그 골목은 우리 가족의 발자국으로 다지고 다져졌을 게다. 이사 올 때의 허름한 주택들은 나날이 산뜻한 양옥으로 단장되어 갔다. 바뀌지 않은 게 있다면 큰 나무 대문집이었다. 대문이 골목 중간쯤에 떡 버티고서, 높다란 담장보다 훨씬 웃자란 정원수를 감상하는 기쁨을 안겨주었다.

담 안쪽에서, 소리만 들어도 늙어 보이는 개가 담장에 두 다리를 뻗대고선, 지나가는 사람을 향해 왈왈 짖어대는 모습이 눈으로 보듯 흰했던 집. 은행나무 노란 잎이 골목에 소복이 쌓여 가을을 알려준 집. 도심에서도 아침마다 재잘대는 새소리를 듣게 해 준 집. 내 키보다 큰 자목련이 담 너머로 펄럭이던 집.

"꽃망울 터트리는 소리로 소란한 봄, 봄! 봄이 되면 온갖 초목에 물이 오르고 싹이 트고 하건만 3년을 살아도 16세 키 작은 점순이는 클 생각을 않고……." 김유정 소설 〈봄봄〉 속 점순이를 떠오르게 하는 집. 한껏 병근 목련이 점순이 치맛자락처럼 나부끼며 지나는 이의 가슴에다 봄 불을 지펴놓던 집. 올봄쯤엔 그 목련 따라 점순이들 엉덩이에도 토실하게 살이 올라 예비사위들의 가슴에 안기려나. 온 골목에다 자목련 향기를 풀어헤치던, 골목 드나드는 기쁨을 주던 대문 큰 집…….

골목 집으로 이사 온 지 오래지 않아 인근에 있던 신발회사가 문을 닫았다. 잠시 동네가 술렁이더니 신발회사가 있던 자리에는 아파트가 들어섰다. 그러자 동네를 뜰 사람과 눌러앉을 사람이 가려지고, 살 만한 사람들은 아파트로 입주했다. 그 아파트 옆에는 보란 듯 더 높은 아파트가 세워졌다. 새 아파트 골격이 갖춰지자 멀리까지 보이던 우리 시야도 턱 막히고, 기존 아파트는 기가 죽었다.

골목의 변화는 이뿐이 아니었다. 주차장으로 쓰던 공터에는 새 목욕탕이 들어섰다. 대형 할인점 틈에서 영세 슈퍼가 기를 못 펴고 도태되듯, 기존의 동네목욕탕도 유지가 어렵겠다는 생각이 들었다. 우리 가족이 이사 온 후 줄곧 다니던 곳이라 맘이 은근히 쓰였다. 그런 염려를 아는지 모르는지, 목욕탕 주인은 명절에도 물을 아낀다며 두 욕조 중 한쪽만 물을 받는 인색한 인심을 보였다. 그날 목욕탕에 온 사람들은 이후 영영 발길을 끊었을 것이다. 다시 생각해 볼 여지없이 발을 끊은 우리 가족처럼.

동네목욕탕은 몇 달을 못 버티고 끝내 문을 닫았다. 꼭 명절날의 인색한 태도 때문만은 아니었을 게다. 평소 야박하기로 입방아에 오르내린 원인이 컸을 것이다. 잠깐의 주차도 허락하지 않던 그 앞마당이 을씨년스러워졌다.

새댁 소리를 듣던 나도 그 골목에서 쉰이 다 되었다. 초등학생이던 아이들은 사회인이 되었다. 꼼짝 못하고 눌러 살아야 될 것 같았던 이 지역에 아파트 단지를 건설한다고 했다. 발 빠른 사람들은 일찌감치 보상을 받거나 집을 처분해서 골목을 떠나갔다. 하루 걸러 이삿짐이 나가고 골목 안 집들이 비어갔다. 재산 불리기에 둔한 우리 같은 사람들만 남아 골목을 지키고 있었다.

낯이 훤히 익은 가게주인들과, 나를 사장님이라고 치켜세우던 가전제품 수리점 주인 내외, 종종 택배를 받아주던 구멍가게 주인도 빠트릴 수 없는 골목 안 사람이다. 참 이상한 일은 우리 가족을 그들에게 한 번도 소개한 적이 없는데도, 그들은 우리 가족 구성원을 다 알고 있더라는 것이다.

이런저런 내력이 깃들어서일까. 눈을 감고도 걸어갈 수 있을 골목 길, 늦은 귀갓길에 목욕탕 건물 귀퉁이에 매달린 가로등이 마중 나오던 그 오랜 골목을 떠나온 것이 실감나지 않는다. 큰

대문 집에도 살던 사람이 떠났다는 소식이 풍문에 들려왔다. 그
집 무성한 은행나무를 생각하면 잔잔하게 떠오르는 시가 있다.

가을이면 은행나무 은행잎이 노랗게 물드는 집/해가 저무는
날 먼데서도 내 눈에 가장 먼저 뜨이는 집/생각하면 그리웁고
/바라보면 정다웠던 집…….

– 김용택, <그 여자네 집> 중

스무 해 동안 우리 가족을 낱낱이 지켜본 골목이 아직 바래지
않은 추억으로 남아 있다. 차마 떼어낼 수 없는 삶의 한 뭉텅이이
다. 좀 더 시간이 지나면, '생각하면 그리웁고 바라보면 정다웠던'
기억이 될지 모르겠다. 은행나무도, 떠나간 골목 안 사람들을 기
억하겠지.

요즘, 그 골목보다 훨씬 반듯한 길을 낀 새 보금자리에 정 붙이
는 중이다. 이곳엔 골목이 없다. 그냥 길이다.

빈자리

아들을 논산육군훈련소에 두고 왔다. 가구처럼 늘 그 자리에 있던 가족의 부재를 실감한다. 의자엔 막 벗어놓은 것 같은 옷가지가, 현관에는 신던 신발이 그대로다. 아들의 흔적이 곳곳에서 나를 붙잡는다. 스무 해 동안 부대끼며 산 빈자리가 크다.

논산 연무대는 세상으로부터 단절된 또 다른 세상이었다. 연무대를 둘러친 끝없이 긴 담장은 일반인이 드나들 수 없는 영역임을 생생히 확인시켜 주었다. 내 아들이지만 부모도 어찌할 수 없는 곳이었다. 그 울타리 안에서 아들 또래의 청년들은 군인이 되어 갈 것이었다.

아침에 눈을 뜨면 아들 생각부터 난다. 아들을 군대에 보낸 어머니라면 다 같은 마음일 것이다. 남자라면 누구나 가는 군인의 길이라지만 막상 자신에게 닥칠 미지의 시간은 두렵고 불안했을 것이다. 집안을 둘러보니 아이의 흔적만 남고 알맹이는 빠져나갔다. 얼른 일어나 밥 먹자고 채근할 대상이 하루아침에 사라졌다. 뭔가 해야 할 일이 있는데 하지 못하는 느낌이다. 직장일 핑계로 어릴 적 저 혼자 있게 두었던 시간들이 부메랑 되어 날아든다.

자식을 군대에 보내고서야 진정한 어머니가 되는가 싶다. 남자로 거듭나기 위한 입대를 앞두고, 자신보다 더 안절부절못하는 어미를 안심시키던 아들이다. 아이는 스물네 시간도 모자라게 하던 컴퓨터에서도 손을 뗀 채, 입대를 위해 마음을 가다듬었다. 저만의 단단한 각오였을 것이다.

연병장에 모인 수백 명의 청년들이 전부 내 아들처럼 보였다. 다른 부모들도 같은 심정이었을 게다. 긴장 때문인지 입대식 도중 한 청년이 대열에서 쓰러졌다. 구급대원이 뛰어와 쓰러진 청년을 들것에 실어 나가자 지켜보던 사람들은 안타까움에 가슴을 쓸어내렸다.

간단한 입대식이 끝났다. 청년들은 열 지어 연병장을 빠져나가기 시작했다. 가족들을 향해 손 흔들며 멀어지는 행렬 속 낯익은 청년에게서 눈을 뗄 수가 없었다. 배웅을 온 가족들도 그 아들 앞에 던져진 주사위를 돌려놓지 못해 동동거렸다. 많은 아들들이 그들만의 세상으로 가버렸지만, 가족들은 그들이 사라진 쪽을 바라보며 선뜻 발길을 돌리지 못했다. 그렇게 내 아들도 나라를 지킬 군인이 되었다.

어머니가 가장 오래 우는 때가 바로 아들을 군대에 보내고 난 후라고, 입대식 때 대장이 한 말이 당시에는 실감나지 않았다. 그런데 얼떨결에 아들을 훈련소에 남겨두고 돌아올 때에야 그 말이 실감났다. 아들은 긴장한 탓인지 식욕조차 없어해, 점심을 제대로 먹이지 못한 것도 마음에 걸렸다.

훈련소에 다녀온 지 며칠 후 아들이 벗어놓고 간 옷을 세탁기에 넣었다. 휴대전화기의 전원도 껐다. 몸이 멀어지면 마음도 멀어진다는 말은 부모와 자식 간에는 해당되지 않는 것이었다. 연락할 길이 막연하니 더 애가 쓰이고, 잘 견디고 있을지 걱정만 쌓여갔다.

입영한 지 꼭 일주일 만에 기다리던 소포꾸러미가 왔다. 아들이 입고 갔던 옷이다. 신분증을 복사한 뒷면에 안부 편지를 빼곡히 적어 놓았다. 추운 것 빼고는 다 할 만하다고 안심을 시킨다. 그 애처로운 글씨 속에 이등병으로 잔뜩 졸아 있을 아들의 모습이 어른거린다. 어쩌면 저 행간에 숨겨진 힘든 무엇이 있을 거라는 기우도 일었다. 하지만 아이는 내 염려마저 닿지 못하는 세계에 있다. 이제는 내 아들이 아닌 대한민국의 육군이라는 현실을 인정해야 한다. 굳이 소포 내용물의 명세표를 보지 않고도 입고 간 옷을 알지만, 보내온 옷을 하나하나 들추어 본다.

아들 방에는 두 장의 사진이 걸려 있다. 한 장은 유치원 다닐 적 가족사진이고, 한 장은 입대 전 찍은 가족사진이다. 카메라를 보며 익살스런 표정을 짓고 있는 그 쪼그만 아이와 장성한 청년이, 같은 사람이라고 여겨지질 않는다. 아이가 입대한 지 얼마나 되었다고 백일 휴가를 기다린다. 늘 어미의 손이 필요하다고 여겼던 아들의 모습이 어떻게 변했을지 궁금하다. 군복 입은 늠름한 모습으로 나타날 날이 아직 감감하다.

길을 지나다 군복 입은 청년을 보면 어느새 돌아본다. 빳빳한 새 옷에 군기가 잔뜩 든 이등병이면 애가 쓰인다. 사회에서도 긴장 풀지 못하는 이등병인 모습이 안쓰럽다. 아들을 군대에 보낸 모든 어머니들의 마음일 것이다. 식탁에 아들의 빈자리가 크다.

오월엔 행복하자

≪꽃으로도 아이를 때리지 말라≫. 이는 자유교육의 선구자 프
란시스코 페레 평전이다. 10년 넘게 지구 곳곳에서 구호활동을
벌여온 한 연기자가 쓴 ≪꽃으로도 때리지 말라≫는 제목과 유사
하다. 그러나 그보다 앞서 나온 책이다.

지금, 자유교육의 이상을 실현하다 처형된 교육 순교자를 얘기
하려 함이 아니다. 체벌에 대해 말하려 함은 더더욱 아니다. 요즘
내가 하는 일이, 꽃으로도 때려선 안 될 아이들을 만나는 일이기
때문이다.

맞아도 되는 아이는 없다. 불행해도 되는 아이도 없다. 아이들
은 무조건 행복해야 한다. 그 중에서도 내가 만나는 아이들은,
따뜻한 가족 안에서 구김 없는 모습이기를 바라는 마음이다. 부

자가정, 모자가정, 조손가정, 다문화가정 등. 내가 만나는 아이들은 대략 이런 가족 형태에 속한 경우가 많다.

나는 그 아이들을 위탁 보호하는 아동복지시설에 파견되어 독서지도를 하고 있다. 아이들을 처음 만나는 날, 각자 소개하는 시간을 갖기로 하고 그에 필요한 자료를 준비해 갔다. 자료에는 자신의 소개와 함께 가족 구성원을 적는 칸도 있었다. 수업을 진행하며 그 부분이 마음에 조금 걸리기는 했지만, 어떤 선입견을 두지 않기로 했다.

아니나 다를까. 엄마와 사는 아이, 아빠와 사는 아이, 아빠와 큰아빠와 할머니와 사는 아이, 할머니하고만 사는 아이가 많았다. 물론 부모를 정상적으로 둔 가정의 아이들도 있다. 그러나 아이들은 너나 할 것 없이 그냥 아이일 뿐이다. 삐치는 일도 똑같고 샘을 내는 것도 하나 다를 것 없다. 이 아이들을 공평하게 대하지만 어쩌다 부모 관련 얘기가 나올 때면 조심스럽다. 내가 가족 구성원을 적는 칸을 만들었던 까닭은 아이들을 잘 알고 싶어서였다. 아이들에게 더 가까이 다가가기 위함이었다.

글쓰기 형식을 통해 아이들의 속마음을 엿보려 한 내게 한 아이가 물었다. "선생님은 우리 집 모르죠?"라고. 자기네 집 사정에 대해 잘 모르지 않느냐는 말이었다. "알아."라고, 나는 아무렇지 않은 듯 대답했다. 아이가 다시 물었다. "정말 아세요?"라고. 나도 말했다. "응, 다 알아." 그 아이의 집은 재혼한 다문화가정이었다.

썩 건강하지 못한 환경에 처한 아이도 많다. 돌봐주는 이 없는 애틋한 아이들도 적지 않다. 제각각의 사정으로 온전한 사랑을 받을 권리가 동강난 이 아이들의 그늘을 조금이나마 보듬어 주고 싶다.

다양한 형식의 글쓰기를 통해 아이들 마음을 엿본다. 시나 생활 글, 감상문, 소갯글, 편지글 등의 형식으로 풀어낸 아이들의 마음 때문에 때때로 내 마음도 아프다. 한 아이가 쓴 시를 보니 온통 암울한 시어로 가득했다. 그 아이에게 시가 쓸쓸해 보인다고 했더니, 자신은 날마다 슬프다고 말했다. 다른 한 아이는, 지금의 생활에서 벗어나고 싶다고 했다. 얌전한 모범생으로 보아왔던 아이라 적이 마음이 아팠다.

요즘 내 가방에다 사탕이나 예쁜 스티커 같은 아이용품들을 챙겨 넣곤 한다. 잘함 스티커 하나 붙여주는 일에도 객관적인 평가를 하려고 신경 쓴다. 아이들 수에 비해 사탕 한 개가 모자라면 보통 난감한 게 아니다. 그럴 때는 다른 걸로 대체한다든가, 메모해 두었다 다음 시간에 챙겨주기도 한다. 꽃으로도 때려선 안 될 이 아이들에게 눈물을 머금게 할 수는 없는 일이다.

6개월여 그 아이들을 만났다. 이제야 그 애들을 좀 알 것 같다. 결코 짧지 않은 시간이었다. 겉돌던 마음들이 부쩍 가까워졌음을 느낀다. 아이들도 마음을 열어 스스럼없이 다가온다. 수업을 마칠 때면 다음엔 또 언제 오냐고 묻기도 한다. 아이들이 보내는 관심의 표시에 보람을 갖는다. 새로 사놓은 막대사탕 한 봉지가 그 아이들을 기다린다. 까짓, 아끼지 말고 인심 좀 써야겠다. 눈망울

또랑또랑하게 마주할 수 있도록 아이들 마음을 좀 호려야겠다.

지자체에 따라 매월 'Family Day'를 지정해 운영하기도 한다. 단순한 휴일의 의미가 아니라 가족 간 결속력을 다지는 진정한 '가족의 날'로 정착되었으면 좋겠다. 가족의 의미는 오월에만 한정하여 짚어볼 일은 아니다. 연중이 가정의 달이고 가족의 날이라 해도 과하지 않을 것이다.

그래도 오월이면 공기처럼 귀한 가족이란 존재를 생각게 된다. 다시 오월이다. 오월엔 내가 만나는 아이들과 함께 우리 모두 행복하자. 아자.

— 행보 〈부산은행〉 2010. 5.

반지처럼

　웨딩드레스를 나풀나풀 펼치고서 신부가 꽃처럼 앉아 있다. 결혼식의 꽃인 신부는 살짝 긴장한 듯 상기된 얼굴로 결혼행진곡을 기다린다.

　저런 때가 있었던가 하고 회상에 젖는 것도 잠깐이다. 언제부터인가 부모 입장에서 바라보는 나이가 되었다. 한 가정의 탄생은, 흘러온 내력이 서로 다른 두 줄기 강물이 한 줄기로 합쳐지는 일이다. 두 집안 간의 결속이다. 하나 되어 예를 올리는 인연이 아름답다.

　그 결속의 중심에 반지가 있다. 시작과 끝이 없어 영원성을 상징하는 반지는, 속은 텅 비었으면서도 보름달처럼 꽉 차 있다. 결혼이란, 반지처럼 둥글었던 보름달이 이지러지고 들어차기를 반복하는 것처럼, 미완의 반쪽 삶이 온전한 하나가 되어가는 일일 것이다. 그 징표인 반지는 사랑만으로 살아지지 않을 결혼생활을 유지시키는 끈끈한 연결고리이다. 또한 부부 연이 끝없이 이어지기를 염원하는 뜻이 담긴다.

내겐 결혼반지가 없다. 살아오며 없앤 모양인데 언제 그랬는지 통 기억이 나지 않는다. 손가락이 허전해 반지 계를 들어 금가락지와 큐빅이 박힌 두툼한 18금 반지를 장만했다. 그러나 장신구에 대한 관심도 없을 뿐더러, 이물질처럼 거치적거려 늘 옷장 깊숙이 묻어두었다. 어쩌다 모임이 있거나 외출 때에 잠시 꺼내어 끼게 되는 게 다였다. 더구나 그것이 혼인서약의 물증인 반지가 아니라 그런지 큰 의미가 없었다. 물론 부부간의 첫 마음을 일깨워주는 도구도 못 되었다.

삶의 밑거름이 되는 것은 뭐니 해도 가족일 것이다. 단란한 가족의 모습은 보기에도 흐뭇하다. 성대한 결혼식과 번쩍이는 예물, 자랑스러운 신혼여행을 다녀오고서도 그 사이가 쩍 깨지는 경우를 봤다. 깨져 상처받는 게 어디 당사자뿐일까. 당사자만 깨지고 말 양이면 결혼의 신중함도 훨씬 가벼워졌을 게다.

부부는 닮는다던가. 오랫동안 한 얼굴을 마주보면 서로를 닮아가게 되나 보다. 서로를 닮는다는 것은, 서로에게 동화되어 너와 나가 아닌 우리라는 일심동체가 되는 일일 터. 일그러지지 않은 모습으로 서로 닮아가는 일은 참으로 값지다.

결혼식 축가를 부를 일이 가끔 생긴다. 결혼은, 많고 많은 사람

중에서 추리고 추려져 마침내 부부로 맺어지는 일이다. 귀한 인연이 결실을 맺고 한 가정을 이루는 자리라 기쁘게 참석해서 축가를 부른다. 이날의 예쁜 모습과 마음을 고이 간직해, 그분이 보시기에 참 좋은 가정을 꾸려나가기를 바라는 염원을 담는다.

"청실홍실 엮어서 정성을 들여/청실홍실 엮어서 무늬도 곱게……."

청실과 홍실은 전통혼례 때 쓰던 남색과 붉은색 명주실 테를 의미한다. 노래는 새신랑 새색시를 상징하는 청실홍실처럼, 부부가 조화롭게 살라는 뜻을 담고 있다. 진심을 담아 축가를 부르다 보면 어느 순간 나를 위해 부르고 있다는 느낌을 받는다. 축복의 말이 찰랑찰랑 고여, 다른 찬란한 삶 앞에서 기 죽었던 내 낡은 삶을 다독여준다.

축하받는 결혼도 그렇지 못한 이혼도 본인의 선택일 것이다. 어쩌면 선택이 아닌 주어진 몫인지도 모른다. 영원할 듯 맺어진 연분이 두 동강나는 일도 주변에서 심심찮게 본다. 그럴 때 사랑이 담기지 않은 반지는 구속일 뿐, 그들 첫 마음은 남아 있지 않을 것이다. 억지 인연이란 없듯 사람 의지만으로 그 사이를 이어갈 수 없는 불가항력인 일도 있다. 부부 연이 다해 한쪽 날개가 부러지는 경우다. 어떤 연유로든 부부관계의 파기는 괴롭고 가슴 아픈 일이다.

좀 먼저 살아온 인생 선배로서 결혼식을 지켜보면 이런저런 감회가 밀려든다. 신출내기 부부로서 많은 시행착오를 겪게 되겠지만 지혜롭게 헤쳐나가기를 바란다. 거문고와 비파가 어울려

아름다운 합주를 만든다는 금실지락琴瑟之樂처럼 금실이 좋기를
바란다.

"당신의 결혼을 진심으로 축하, 축하합니다."

이렇게 마지막 노래가 끝나고 많은 축복을 받으며 한 가정이
탄생한다. 증인이 되었으니 그들 앞날을 지켜봐야 할 책임도 동
반된다. 만만치 않을 세상살이를 향해 첫발을 내딛는 부부 앞날
에 꽃길이 환히 열려 있다. 세상에 신고식을 치른 신랑 신부가
당당한 부부로서 그 꽃길을 행진한다. 축하와 격려의 박수 소리
가 쏟아지고, 스테인드글라스 창문 가득 그분의 축복 같은 빛이
환하게 들이친다.

박수 소리와 빛이 차츰 내게로 옮아온다. 뭉클해진다. 반지는
간직할 걸 그랬다.

풍경 한 폭

딩동댕 울리는 확성기 소리가 이른 잠을 깨운다. 농촌의 아침을 깨우는 이 멜로디는 곧 방송이 시작됨을 알리는 신호다. 동민 여러분께 알릴 내용이 있을 예정이니 귀 기울여 들으라는 소리다. 이어 확성기를 시험하는 입 바람이 거칠게 두어 번 일더니 아침 방송이 시작된다.

동민 여러분, 안녕히 주무셨습니까. 객지에서 고향을 찾아오신 여러분들을 진심으로 환영하는 바입니다. 다름이 아니오라 고향을 찾아온 자녀들이 어르신들께 세배를 드린다고 하오니 모두 회관으로 나와 주시기 바랍니다. 일일이 찾아뵙고 인사를 드려야 하오나…….

그 소리에 잠에서 덜 깬 앞산도 기지개를 켠다. 이장 일을 맡고 있는 인우 아저씨는 예순을 넘겼어도 늘 '인우'다. 그때 꼭 열아홉 내 나이의 꽃다운 신부를 아내로 맞았던 농촌 총각이었다. 햇볕에 그을린 얼굴은 투박스러웠지만 다만 겉모습일 뿐, 더없이 순박했다. 그가 그토록 여리고 아리따운 아가씨와 결혼할 수 있었는가는, 당시 동네 또래 친구들의 끊이지 않는 수수께끼였다. 신방집을 지나칠 땐 주체할 수 없는 호기심이 치밀어 친구들과 그 집 앞에서 수군대곤 했다. 마이크로 또박또박 말하는 품이 익숙하다. 제법 이장답다.

우리 집은 마을 회관에 이웃해 있다. 확성기는 회관 옥상에 마을 쪽으로 아귀 같은 입을 벌린 채 늘 대기상태다. 이른 새벽에 울리는 딩동댕 소리에, 동네에서 가장 먼저 깨는 사람도 우리 집 식구들일 것이다. 성능 좋은 확성기 소리는 동네를 한꺼번에 깨우는 자명종이었다.

아버지는 한복차림으로 회관에 나가셨다. 회관에는 장유유서의 질서 맞추어 설맞이 인사로 북적댈 거다. 그러나 집안은 평상시나 다름없이 조용하다.

뒤뜰에서인가. 닭이 꼴꼴대는 소리가 들린다. 닭이 알을 낳았나 보다. 잠시 후 어머니가 박 바가지에 달걀을 담아오셨다. 날마다 알을 낳아주는 닭이 기특하다는 표정이시다. 달걀껍데기의 색이 시중에서 파는 것보다 더 연한 살구색을 띄었다. 만져보니 조그만 게 손 안에 쏙 들어온다. 닭의 온기가 그대로 전해온다. 닭은 알을 낳은 직후엔 움직이지 않고 잠시 멍하다고 한다. 산고로 인해 잠깐 동안 패닉상태가 되는 모양이다. 알을 낳자마자 냉큼 뺏어오는 것이 닭한테 좀 염치없긴 하다.

회관에 세배 받으러 나가지 않은 어머니는 옷장 문을 열고 옷 구경을 시키신다. 사돈이 사줬다는 빛깔 고운 앙상블, 며느리가 사 준 윗옷, 오래 벼르다 산 밍크 재킷 등. 재킷은 내가 모델이 되어 한 번씩 입혀진다. 나는 어머니가 시키는 대로 이리저리 몸을 돌리며 옷 모델 흉내를 낸다. 너는 키가 커서 뭘 입어도 어울린다며, 당신은 쪼그라든 몸으로 뭘 입겠냐며 세월을 한탄하신다.

그때 방문이 인기척 없이 열리더니 아흔 넘은 할머니가 들어오신다. 고향의 낡은 담벼락처럼 오랫동안 보아온, 눈에 익은 모습이다. 동글동글 작고 야무진 얼굴에 평생 쪽진 머리, 단정한 차림새다. 그 깔끔하고 총명하던 할머니도 세월 앞에선 와르르 무너져 치매끼 다분하단 걸 알고 있는 터다. 할머니에게 바짝 다가가 나를 알아보시겠냐고 여쭈었다. 할머니는 내 얼굴을 가만히 보더니, 아이고 네가 왔냐며 반가워하신다. 마산에 살지 않느냐고, 스무 몇 해 전 내 결혼식 때 오셨던 걸 다 기억하신다.

마을 젊은이들에게 세배를 받으러 나갔던 아버지가 돌아오시자 점심상을 차렸다. 할머니는 어머니와 아버지와 함께 두레상에 둘러 앉으셨다. 찌개를 끓이고 국을 데우며 점심 차리기에 분주한 나를 바라보던 할머니가 그러신다. 시집가면 잘 하겠다고. 둘러앉아 밥을 먹는데 또 한 마디 하신다. 인제 시집가도

되겠다고. 하지만 누구도, 얘는 시집도 갔고 아이도 있다고 대답
하지 않는다.

할머니 치매든 말년을 어머니가 모셨다. 큰집 작은집 다 두고
오직 우리 집에 계시겠다고 해서다. 친정어머니에게 며느리 노릇
톡톡히 하게 한 할머니는, 당신 아들 둘 먼저 보낸 후 바라던 영면
에 드셨다. 오랜 고향 풍경 하나 사라졌다.

그래도 마을을 울리는 딩동댕 소리는 여전하다.

제祭 후

이틀간 북적대던 집이 조용해졌다. 현관을 가득 메우고도 모자라 마당에까지 나가 있던 신발들이 제 주인들 따라 돌아갔다. 집 안을 둘러보니 어린 조카 양말이 방구석에 흘려져 있다. 잊지 말고 챙겨가라고 당부해도 꼭 하나 둘은 빠트리고 간다.

형제들을 배웅하고 돌아오니 우리 가족만 남았다. 그들이 편하게 갈아입었던 바지도 옷걸이에 줄줄이 걸려 있다. 개어 넣지 않은 이불도 아직 방에 그대로다. 잠시 술렁이던 집이 평상시의 상태로 돌아온 것인데, 사람이 들었다 난 자리가 썰렁하다.

구 남매를 남기고 가신 시어머니의 제삿날이었다. 제사를 앞두고 큰며느리인 내 꿈에 나타난 어머니는 묵묵히 날 바라보기만 하셨다. 안부를 묻는 듯, 당신의 존재를 상기시키려는 듯. 이따금

이지만 제사 무렵에 당신 꿈이 꿔지는 걸 보면 신기롭다. 정말 혼령이 존재하는 것인가 싶기도 하고, 잘 살라는 격려 같기도 하다. 그럴 때면 피어오르는 향 따라 영靈이 넘나드는 모양이라며, 제사 의식에 의미를 부여하게 된다.

가족들이 모이면 아이들과 어른들이 따로 모여 떠들썩하다. 다 큰 조카 세대 아이들은 이제 뒷전으로 밀려났다. 요즘은 조카들의 2세가 등장했다. 어느덧 내 호칭이 할머니가 되어 있었다. 결혼 후 십여 해가 되도록 시가의 친인척 관계를 다 알지 못했다. 형제가 많다 보니 이리저리 얽힌 관계들이 도무지 종잡을 수 없었다. 요즈음은 한 가정에 고작 한두 명 꼴로 아이를 출산하니, 앞으로 나처럼 헷갈릴 일은 없을 것 같다.

시어머니 자손은 자그마치 한 중대는 될 게다. 형제·자매들 부부와 조카들, 또 조카의 아이들까지 모이면 지붕이 들썩댈 정도다. 가지 많은 나무라 바람 잘 날이 없다. 그들이 썰물처럼 빠져나간 후면 알맹이가 빠진 듯 허전한 마음도 없지 않다.

요즘 풍토는 핵가족 단위의 가족 구성이 대부분이다. 그러나 우리 아이들은 2세대나 3세대까지 구성된 확대가족 분위기에 익숙해 있다. 집안에 일이 있을 때마다 애쓰는 내가 안 되었던지, 딸은 많은 양의 설거지를 나서서 거든다. 대가족 속에 부대끼는 일도 자연스럽다. 단출한 핵가족에서는 경험할 수 없는 것들이다.

명절증후군이라는 신조어가 등장한 지 오래되었다. 핵가족은 일가친척의 개입과 관여를 은근히 거부하는 독립된 성향을 지닌

다. 이에 익숙한 주부들에게 생기는 명절증후군이란 증상이 어떨지 대충 짐작 간다. 크고 작은 스트레스로 두통, 우울증, 불안함, 요통 같은 증상을 실제 수반한다고 한다. 여자들의 사회생활이 일반화된 요즘, 집안일을 여자에게만 전담시키는 것은 자칫 가족 불화로 이어질 우려가 있다. 가족 사이의 지혜로운 협의가 필요한 때다.

음식 준비도 그렇지만 손님 치르는 일은 쉽지 않다. 제사도 명절 때와 크게 다를 건 없다. 일을 하기 싫다고 생각하면 점점 더 하기 싫어지는 법이다. 어차피 해야 할 일이라면 조상 기리는 일로 딱 하루 봉사한다는 마음을 먹는 편이 낫다. 큰며느리로 살아오며 터득한 심리조절이다.

결혼하고 몇 해가 지나서였다. 어머니 어깨너머로 부엌일을 배우며 일을 거들기만 하다가, 어느 날엔가는 혼자 힘으로 음식을 해내었다. 그때, 이제 큰며느리 다 되었다며 대견해하시던 어머니 모습이 생생하다. 험한 세상 바람막이가 되고 뙤약볕을 가려주던 그 그늘이 그립다.

언제부터인가 형제들이 시간을 보내는 풍경도 사뭇 바뀌었다. 예전의 오락용 담요를 펼치던 풍토에서 벗어났다. 요즘은 이런저런 사는 이야기로 시간을 보낸다. 형제가 많아 얘깃거리도 많다. 때로 창이 뿌옇게 밝아오는 새벽까지 도란도란 얘기꽃을 피우기도 한다.

씻어 놓은 그릇들이 북적댔던 시간을 말해준다. 차곡차곡 엎어

놓은 크고 작은 접시와 그릇들이 저들도 큰일을 끝냈다며 쉬고 있다. 그릇의 물기를 닦아, 있던 자리에 들여놓는다. 수저통에 우리 가족용 수저만 정리하면 제사 뒤끝이 대충 정리가 되었다는 뜻이다.

한국의 제사 풍경을 축제에 비유하는 이도 있다. 도처에 흩어져 살던 형제들이 제사를 매개로 모여 한바탕 밀린 회포를 푸니 그럴 만하다. 저마다 살기에 바빠 일 년이 가도 사촌 얼굴 한 번 보기가 쉽지 않다. 벅적하게 모여 의義를 나누는 제사가 가족 축제의 자리이긴 하다.

든 자리는 몰라도 난 자리는 안다고 했다. 형제들이 돌아간 후 생각게 되는 말이다.

워낭소리

소 떠난 외양간이 썰렁하다. 살던 사람 다 떠난 빈 집처럼 휑한 기운만 감돈다. 어릴 적부터 빈 적 없던 외양간이다. 이만하면 되었다고 할 무렵이면 일이 덮친다던가. 평생 농사만 짓다 이제 일을 좀 덜어볼까 할 때 아버지가 그만 쓰러지셨다. 팔순을 앞둔 어머니가 소를 거둘 수 없어 한 마리 두 마리 소를 떠나보냈다.

소들은 늘 외양간 밖으로 머리를 내어 밀고 되새김질을 했다. 나를 그만큼 자주 보았으면 알아볼 만도 하련만, 소는 도통 알아보는 것 같은 기미가 없었다. 뒷간 문을 빼끔 열고 소를 보면 커다란 눈망울을 끔벅이며 곁눈질을 했다. 한 집 식구인 나를 도대체 알아보긴 하는 걸까 하고 아리송해졌다. 코뚜레를 하지 않은 송아지는, 등에 걸친 방한용 덮개가 비딱하게 기울어져도 아랑곳없었다. 꼭 옷 입는 게 어설픈 어린애 같았다. 덩치만 클 뿐 천진난만하기는 영락없는 아이 모양이었다.

친정에 갔을 때다. 어머니의 입술이 부르트고 얼굴엔 시름이 드리워 있었다. 식솔처럼 기르던 소가, 젖도 못 뗀 송아지만 덜렁 남겨두고서 급성폐렴으로 급사했다고 했다. 어머니는 송아지를 당신이 낳은 피붙이인 양 애처로워 하셨다. 송아지에게 우유 한 방울이라도 더 먹이려고 애를 쓰셨다. 그러나 어미의 말랑한 젖꼭지에 길들여진 송아지는 엄마 젖을 찾는 아기처럼 우유 먹기를 한사코 거부했다. 아버지가 송아지 목을 팔로 감싸서 수유자세가 되게 하면, 어머니는 송아지 입에다 우유병을 물렸다. 얼떨결에 우유를 몇 모금 삼킨 송아지는 젖꼭지를 질겅거리며 밀어냈다. 우유를 먹이려는 사람과 먹지 않으려는 송아지의 모습이, 꼭 부모와 자식 사이의 실랑이 같았다.

농가에서 소는 동물의 의미를 넘어선다. 힘든 농사를 맞들며 동고동락하는 사랑방 가족이나 다름없다. 소 팔아 자식 공부시켰다는 말 속엔 소에 대한 고마움이 짙게 깔려 있다. 그렇게 생사고락을 함께 한 소가 하루아침에 비명횡사했으니, 부지불식간에 외톨이가 된 송아지를 향한 마음이 오죽하셨을까.

늦둥이 막내아우 같은 송아지가 주인의 애끓는 속도 모르고 설사를 해댔다. 우유 농도가 맞지 않은 것인가 하고 어머니의 가슴이 쿵 내려앉았다. 마음이 다급해진 어머니는 송아지를 당장 소장수에게 팔자고, 꿈쩍도 않는 아버지를 독촉하셨다. 애면글면

속 끓이다 혹 송아지가 잘못되기라도 하면 큰일이었다. 그러나 아버지는, 가족 같은 어미 소를 당신 잘못으로 쓰러지게 했다고 여기는지 끝내 답이 없으셨다.

나도 자꾸 외양간을 기웃거렸다. 송아지가 기운을 잃고 누워 있지나 않을까 해서였다. 그때마다 송아지는 짚 한 가닥을 오물거리고 있거나 다른 어미 소와 살을 맞대고 누워 있었다. 그러나 그 어미 소는 송아지가 젖을 물러 입을 갖다 대면 후다닥 내쳐버렸다. 사람이 나서서 해결할 일이 아니었다.

아버지는 경운기를 몰고, 10리 밖 면 소재지로 송아지 먹일 설사약을 사러 나가셨다. 어머니는 아버지를 기다리는 내내 외양간을 들락거리셨다. 그 애틋해함이 늦둥이 하나 키우는 것 같았다.

2009년에 개봉된 〈워낭소리〉는, 가슴에서 가슴으로 도미노 같은 감동을 전한 다큐멘터리 영화다. 바로 내 고향 내 부모의 이야기를 그대로 담은 기록영화다. 팔순 농부와 마흔 살 된 소가 함께 늙어가고 죽어가는 이야기다. 소는, 팔순 농부에게 최고의 친구이자 농기구이며 유일한 자가용이었다. 소가 사람 같고 사람이 소 같은, 팍팍한 삶 같은 마른 논에 물이 돌듯 온기를 전한 영화다.

나는 그 영화를 보는 동안 영화를 보고 있다는 것을 잊었다. 농기구며 소도구, 외양간과 농가와 들의 풍경은 영화 속 풍경이 아니었다. 모든 것이 그대로 고향의 모습이고 아버지의 모습이었다. 이심전심으로 함께 늙어가는 것은, 바로 고향 집 소와 아버지였다. "사람은 가끔 마음을 주지만, 소는 언제나 전부를 바친다."

는 영화 포스트 속 문구는, 고향 모든 소들에게 바치는 말이었다.

모든 생물은 환경에 길들여질 것이다. 나무도 해를 향해 나이테를 키우고 식물도 해 쪽으로 줄기를 뻗는다. 송아지가 처한 환경은 송아지의 몫이었다. 누구나 자기 몫의 걱정과 웃음을 갖고 있다고 했다. 송아지 처지도 주어진 굴레라면 어서 새 환경에 적응하기를 바랐다.

정작 송아지는 주인의 걱정 따위는 안중에 없었다. 노란 한우 표식 귀고리를 팔랑대며 되새김질하고, 제법 큰 소 흉내도 내었다. 우물가며 마당을 능청스럽게 어슬렁거리는 걸 보며 어머니의 걱정도 곧 끝나지 싶었다. 송아지를 향한 그 정도 사랑이면 그것이 결코 헛되지 않을 것임을 믿었다.

그러나 이제 그 모든 것들이 지난 시간 속으로 사라졌다. 점심 나절이면 마을 뒷동산에서 "소 먹이러 가자."며 아이들을 불러 모으던 소리도, 그 소리에 아이들이 집집마다 소를 몰고 나와 줄지어 들로 가던 풍경도 사라졌다.

이제 그만하면 쉬셔도 좋을 부모님은 시간을 기다려주지 않았다. 부모님과 오랜 정이 들었을 소도, 새 인연을 찾아 뿔뿔이 떠나갔다. 마음속 워낭소리가 사라졌다. 빈 외양간이 그리 을씨년스러울지 몰랐다.

만추晩秋를 그리다

동짓달엔 까치밥이 유독 붉다. 잎이 바짝 마른 감나무에 달랑 남은 까치밥은 입안에 넣으면 사르르 녹을 것처럼 농익는다. 까치밥이 붉은 만큼 가을도 깊고 한 해도 막바지에 든다.

수확물을 거둬들인 들판은 바닷물이 빠진 뒤의 갯벌처럼 휑하다. 그러나 그 휑한 것이 텅 빈 것이면서도 썰렁하지만은 않다. 들판을 메웠던 곡식이 곳간으로 들어앉은 때문이다.

볕 좋은 날, 멍석엔 나락이 마르고 마당 한쪽엔 벼 가마니가 부잣집 곳간처럼 듬직하니 쌓였다. 대청마루에는 누런 호박덩이가 굴러다니고, 고구마도 얼기 전에 방으로 들여왔다. 외양간 위 다락엔 마늘과 무청이 주렁주렁 엮이고, 고추와 벼를 말리는 멍석은 자리가 비좁았다.

뿐인가. 윤기 자르르 흐르는 탱글탱글한 쌀이 뒤주를 채웠다. 손으로 만지는 햅쌀의 매끄러운 감촉도 좋지만 뒤주 가득 채워진 쌀을 보면 어린 눈에도 포만감이 들었다. 오죽했으면 생쌀을 먹으면 엄마가 죽는다고 어른들이 겁을 주었을까. 그래도 그 버릇 못 버리고 도둑고양이처럼 야금야금 뒤주의 쌀을 훔쳐 먹었다. 쌀을 먹으면 처음엔 쌀 비린내가 입 안 가득 고였다. 차츰 뜨물 맛 같은 단맛이 진득하니 우러나와 은근히 중독성을 가져왔다. 어쩌다 옛 생각을 더듬어 생쌀을 몇 알 입에 넣고 오도독 먹어보지만 도대체 무슨 맛인가 싶다. 역시 생쌀은 한 줌 넣고 우물거리며 먹어야 제 맛이 나나 보다.

고구마를 들여놓은 방에는 고구마에 묻어온 흙냄새가 겨울 내내 났다. 한겨울, 고구마를 장독 위에서 하룻밤 재우면 밤새 살짝 얼었다. 언 고구마 껍질을 쇠죽 끓이던 아버지가 낫으로 삐져주었다. 그 맛은 이가 시리게 차갑고 달착지근했다. 어릴 적 자주 먹어 물렸기도 하겠건만, 최근 한 이태 동안 고구마가 부쩍 먹고 싶어져 종종 삶아 먹었다. 친정 고구마는 입속에서 그냥 녹는 물고구마였다.

가을에 수확한 것들을 말려 들이고 마당 정리가 되는 틈틈이 식구들은 새끼를 꼬았다. 아버지는 짚단을 추려 너덜거리는 지푸라기를 훑어낸 후 물을 촉촉이 먹여 놓았다. 그래야 짚이 뻣뻣하지 않아 손바닥도 아프지 않을뿐더러 눅눅하여 새끼가 잘 꼬였다. 가지런히 준비해 둔 짚을 두어 개씩 덧대어 가며 새끼를 꼬다

보면, 어느 곳은 가늘고 어느 곳은 굵게 꼬였다. 그러나 숙련된 아버지가 꼰 새끼는 떡방앗간에서 뽑아내는 가래떡처럼 그 굵기가 골랐다. 아버지가 처음으로 대단해보였던 때가 아니었나 싶다. 그렇게 꼰 새끼줄은 멍석을 만들거나 가마니를 묶는 줄로, 또 초가의 이엉을 엮는 데에 쓰였다. 볼품없는 내 것과 미끈하게 꼬여진 아버지 것은 쓰이는 용도가 제각각 달랐다.

마당에는 어머니가 한나절 일삼아 썬 무말랭이가 가을볕에 꾸들꾸들 말라갔다. 호박 둘레를 따라 두툼하게 돌려 자른 호박도 빨랫줄에 치렁치렁 널렸다. 그 무렵이면 농촌에 서리가 내리고 쇠잔등에도 보온용 덮개가 씌워졌다. 그렇게 사람과 가축의 겨울나기가 시작되었다.

시골에서 초가와 멍석, 가마니가 사라진 지 오래이다. 초가는 슬레이트 지붕으로, 멍석과 가마니는 비닐 제품과 나일론 자루로 바뀌었다. 잔정 없는 사람처럼 날렵하고 염치없게 들어앉았다. 이제 새끼를 꼬지 않아도 되었다. 아버지가 가마니를 짜는 둔탁한 수제 틀 소리도 들을 일이 없어졌다. 그런 어느 날 집안을 둘러보니 가마니틀이나 베틀, 호롱이나 다듬이와 같은 생활 속 물건들이 깡그리 사라졌다. 사라진 건 옛 물건들만이 아니었다. 마을엔 천진난만하던 아이들까지 사라졌다.

기름보일러가 들어서자 아궁이엔 군불 땔 일이 없어졌다. 산엔 솔잎이 푹석하게 쌓여 불쏘시개용 솔가리를 긁으러 다니던 때를 생각나게 한다. 돌이켜보면 그리 먼 옛일도 아니다.

섣달이 가까워오면 들도 긴 휴식에 든다. 가을걷이 후 김장이며 겨울 준비를 하는 농촌 마을과 호흡을 함께 한다. 곳간마다 채워진 땀방울이, 대처에 사는 자식들에게 바리바리 보따리로 실려 나가며 농촌의 겨울이 지나간다.

우리 집에도 쌀 한 가마니가 도착했다. 배 불룩한 쌀자루를 보니 한 해 양식인 듯 든든하다. 쌀가마니에다 얼굴을 갖다 대고 엄마 냄새 맡는 아이처럼 쌀 냄새를 킁킁대며 맡는다.

한동안 하얀 햅쌀밥만 지어 먹어야겠다.

김나현 수필집

바람의 말

인　쇄 / 2010년 6월 21일
발　행 / 2010년 6월 28일

지은이 / 김 나 현
발행인 / 서 정 환
발행처 / 수필과비평사

출판등록 / 1984년 8월 17일 제28호
주　소 / 서울시 종로구 익선동 30-6
　　　　　운현신화타워 빌딩 2층 208호
전　화 / (02) 3675-5633, (063) 275-4000
팩　스 / (063) 274-3131
E-mail / essay321@hanmail.net

값 10,000원

ISBN 978-89-5925-714-0　03810

이 수필집은 2010년 부산문화재단 지역문화예술육성지원사업의 일부 지원을 받아 간행되었습니다.　BSCF 부산문화재단